Ursula Cheeseman

# Unter der Zeitbrücke

## Aufzeichnungen einer Ostpreußin

*Herstellung: Libri Books on Demand*
*ISBN 3-8311-0245-7*

Im Gedenken an meine Eltern, Karl und Anna Wittenberg

# I

"Maienzeit bannet Leid,
Fröhlichkeit ist gebreit'
über Feld und Wald und grüne Auen."

Mein Geburtstag ist im Mai, das neue Lebensjahr beginnt mit allem Werden, Wachsen, Blühen, manchmal mit dem ersten Ruf des Kuckucks. Der erste Geburtstag, an den ich mich erinnere, war der vierte oder eher der fünfte. Ich war draußen und spielte, allein, und war so vertieft in mein Spiel, von dem ich nicht mehr weiß, was es war, dass ich das Rufen, ich solle reinkommen, vielleicht nicht gleich hörte, als ich es hörte, befolgte ich es nicht. Das Rufen wurde lauter, zwingender, ich musste das Spielen lassen und reingehen, böse war ich und widerwillig. In die Küche, da war keiner, in die Stube. Meine Mutter drückte mich, mein Vater tätschelte mir den Kopf, meine Brüder gaben mir die Hand, auf dem Tisch brannten Kerzen, ein Teller voll Kuchen stand da und daneben saß eine große Puppe. Ich mochte keine Puppen.

In Jahren, als an Feiern nicht zu denken war und der Gedanke an Geschenke einem auch nicht in den Sinn kam, hätte ich sagen können: "Mein Geburtstag ist heute," aber ich sagte es nicht. Ich wartete, dass ich hörte, "Dein Geburtstag ist heute." Ich wurde nicht enttäuscht.

Festlichen Glanz besitzen die Geburtstage, die ein Jahrzehnt vollenden, jedenfalls, seitdem die Jahrzehnte sich summiert haben; vorher lassen sich von ihren Jahreszahlen Zeitläufte oder die Wechselfälle des Lebens ablesen:

10. Geburtstag, 1938, in Treuburg. Ich bin seit einigen Wochen Schülerin an meiner neuen Schule und Jungmädel in der Hitlerjugend.

20. Geburtstag, 1948, in Meißen. Meine Eltern und ich sind mit einem Transport aus Königsberg gekommen. Wir sind kurz davor, über die Zonengrenze in den Westen zu gehen.

30. Geburtstag, 1958, in Osnabrück, Studienort. Ich bin Witwe, ich habe zwei kleine Töchter, Zwillinge, und bin im vorletzten Semester meines Lehrerstudiums. Der Hochschulchor hat mir das frühmittelalterliche Lied "Maienzeit bannet Leid" nahe gebracht.

40. Geburtstag, 1968, Kanalinsel Jersey. Ich bin wieder verheiratet, die Zwillinge haben einen kleinen Bruder, ich erwarte das vierte Kind: unsere dritte Tochter.

50. Geburtstag, 1978, in Bissendorf bei Osnabrück. Ich habe weitere Prüfungen abgelegt und bin in Osnabrück im Schuldienst, mein Mann ist in Diensten der Universität. Ein Haus mit Garten, viel Maisonne, im Garten eine große fröhliche Runde: unsere vier Kinder, teils mit Begleitung, meine beiden Brüder mit ihren Familien und Freunde, angereiste oder Nachbarn.

60. Geburtstag, 1988, in Bissendorf. Ein schöner Maientag, wieder eine froh gestimmte Runde im Garten und dazwischen Neuankömmlinge ins Leben: Enkelkinder! Und ebenfalls mit Freude begrüßt und in der Runde willkommen geheißen: ein junger Mann aus Meißen, unser junger Freund Ulrich. Seine Großeltern hatten sich fürsorglich meiner angenommen 1948 in Meißen, und die damals begründete Freundschaft besteht auch zur zweiten und zur dritten Generation. Ich avancierte zu Ulrichs Tante, schickte ihm als solche die Einladung zu meinem runden Geburtstag, und siehe da - es klappte.

Wir haben unsere Freunde in Meißen besucht. Fahrten in die DDR: Die Festlegung des Termins lange im voraus, die Beantragung der Visa und der "Aufenthaltsberechtigung" mit Einschicken der Pässe, englische nach Berlin Ost, deutsche nach Meißen, und dann die wachsende Beklemmung beim Warten in der gigantischen Grenzanlage, beim Blick in die Gesichter der Uniformierten - das Lächeln, so schien es, war ihnen abhanden gekommen.

Aber wir erlebten ein individuelles Tun, in dem ein Lächeln war. Zum Osterbesuch 1982 hatten wir das Auto voll geladen. Ein Vordruck wurde uns ausgehändigt zwecks Eintragung der mitgeführten Geschenke - ach du liebe Zeit! Ich schrieb groß "Ostereier" über das Papier. Die junge Uniformierte nahm es, guckte ins Auto, sagte: "Ich sehe, Sie haben alles genau angegeben," und winkte uns, weiterzufahren.

Auf der Rückfahrt, wir hatten die Pässe mit den Stempeln zum Verlassen der DDR in Empfang genommen, das Signal zum Abfahren bekommen und fuhren, langsam, auf das "Niemandsland" zu - da steckte mein Sohn, Teenager, den Kopf aus dem Fenster und rief lauthals: "Es lebe die Freiheit!" Mein Mann gab Gas.

Von Westberlin aus, nach dem Mauerbau, besuchte ich meine beiden Schulfreundinnen in Ostberlin; einmal mit meinem Mann und den Zwillingstöchtern: Checkpoint Charlie für ihn, Bahnhof Friedrichstraße für uns drei, dort würde er uns abholen. Wir warteten und warteten. Man hatte ihm den Pass abgenommen, das Auto durchsucht und ihn dann auf den Pass warten lassen, stundenlang. Eine Schallplatte, Bach, für eine Freundin gedacht, durfte er mitnehmen, aber er musste sie auf dem Rückweg wieder vorweisen. Sie war auf seinem Tagesvisum vermerkt.

Mein Mann ist Londoner, unsere Begegnung war in England, in einer kleinen Stadt, 40 Bahnminuten von London. Als Austauschstudentin, dreiwöchiger Aufenthalt, machte ich mich in verschiedenen Schulen mit dem englischen Schulsystem vertraut und wohnte bei der Familie, die im Krieg ihm, dem aus

London evakuierten Schüler, ein Zuhause gegeben hatte. Alljährlich kam er von Jersey nach England und besuchte sie; doch im Jahr meiner Schulstudien begegneten wir uns nicht. Meine Quartiergeber und ich empfanden gegenseitige freundschaftliche Zuneigung, sie luden mich ein im folgenden Jahr, im Sommer, mit meinen Töchtern zu ihnen zu kommen, und das war der Sommer unserer Begegnung. Ein Jahr danach vereinbarten wir ein Treffen in Chartres, an der Kathedrale. Er reiste von Jersey mit dem Auto an, ich von meinem Wohnort nahe Hannover mit der Bahn. Als ich auf unseren grandiosen Treffpunkt zuging, sah ich ihn. Er saß auf den Stufen der Kathedrale und kochte auf einem Spirituskocher Wasser für Tee.

Von Jersey war mir, als ich ihn kennen lernte, der Name und vage die geographische Lage bekannt. Dass die Insel von 1940 bis 1945 unter deutscher Besetzung gewesen war - ich hörte das und mir schien, ich hätte es früher gewusst. Vielleicht hatte ich 1940 in der Schule auf der Landkarte in einen Punkt im Ärmelkanal ein Fähnchen gesteckt.

Als ich mit meinen Töchtern nach Jersey übersiedelte, war der Krieg 20 Jahre vorbei. Deutsche Bunker an der malerischen Küste und ein unterirdisches Lazarett im Landesinneren sind unverrückbare Zeitzeugen. Der 9. Mai, Tag der Befreiung, ist Feiertag in Jersey. Ich hörte, einen Kommandanten hätte man zum Teufel gewünscht, einem anderen nach dem Krieg einen festlichen Empfang bereitet. Die rationierte Versorgung war ausreichend bis Juni 1944: Landung der Alliierten in Frankreich, Ende des deutschen Schiffsverkehrs zwischen Jersey und Frankreich. Mit Genehmigung der Besatzungsmacht brachte das Internationale Rote Kreuz mit einem schwedischen Schiff mehrmals Pakete mit Nahrungsmitteln für die hungernden Bewohner nach Jersey. Nie, das betonten meine Gesprächspartner, hätten die ebenfalls hungernden Besatzer sich ein Paket angeeignet.

In einer Passangelegenheit kam ich vor den Leiter des Amtes und hörte von ihm, dass er als Militärattaché in Warschau nach dem Krieg Ostpreußen bereist hätte. In seinem Büro hing eine große Europakarte. "You have come a long way," sagte er und deutete auf Königsberg und auf Jersey.

Als mein Mann in Jersey das Alter erreicht hatte, in dem man entweder bei seiner Arbeit bleibt oder noch einmal einen Neuanfang wagt, hatte er Fühler ausgestreckt nach England und auch nach Deutschland, Bundesrepublik - das wäre ihm kaum in den Sinn gekommen, wenn nicht die halbe Familie deutsche Pässe gehabt hätte.

Wir waren wieder nahe meiner Mutter. Noch einige Jahre war sie für uns alle der Mittelpunkt, sie starb in hohem Alter. Mein Vater war gestorben, als wir in Jersey wohnten; sein Tod war zeitgleich mit der Geburt meines Sohnes. Meine Mutter hatte oft von Ostpreußen gesprochen, sie besaß einen wahren Schatz von Erinnerungen. Reiche, wenn auch wehmütige Erinnerungen, in denen die dunklen der erlebten Zeiten wenig Raum einnahmen. Mein Vater hatte selten von Ostpreußen gesprochen, aber es war zu jeder Zeit mit ihm gegenwärtig. Er hatte die ruhige Art des Ostpreußen: nicht sehr gesprächig, sparsam im Wortgebrauch, reich an lakonischem Witz. Doch wenn er, gelegentlich, von einer heiteren Begebenheit in Ostpreußen erzählte, klang mehr mit als nur Heiterkeit.

Zu meinem 60. Geburtstag habe ich einen Glückwunsch per Telegramm erhalten, das wäre an sich nicht außergewöhnlich, aber das Telegramm ist aus Kaliningrad gekommen, der russischen Stadt an der historischen Stätte von Königsberg: von meinem Brieffreund.

Ich lebte in Königsberg von 1939 bis 1948. Für die drei Nachkriegsjahre wäre "überlebte" das treffendere Wort. Königsberg war 1948 eine Ruinenstadt, unzerstörte Straßenzüge existierten nur in den Randbezirken. Ich fragte mich oft, auf welche Weise sich das Bild der Stadt gewandelt haben mag. Ist sie wiederaufgebaut? Oder neu erbaut nach neuem Plan? Fragen, auf die es jahrzehntelang keine Antwort gab. Eisiges Schweigen lag über der Stadt mit ihrem neuen Namen

9

Kaliningrad. Nie las ich den Namen in einer Zeitung, nie hörte ich ihn in den Medien. Eine europäische Großstadt, und sie schien weiter entfernt zu sein als Sibirien. Anfang der achtziger Jahre erschien ein Bildband, in dem zum ersten Mal Aufnahmen von Kaliningrad zu sehen waren. Sie lösten Bestürzung aus. Monotone Architektur sowjetischer Prägung oder Leere, inmitten die Ruine des Doms, im Kern der Innenstadt das einzige nicht geschleifte Relikt. Weitere Bildbände folgten, in denen manches einstmals Vertraute zu sehen war.

Mein Mann bezieht eine Zeitung aus Jersey, die "Jersey Weekly Post", und in einer Ausgabe von März 1987 las ich "Kaliningrad"! Ein Einwohner von Jersey hatte am Strand eine Flasche gefunden, so begann der Artikel, sie enthielt die Bitte, in englischer Sprache, Fundort und -datum dem Ozeanologischen Institut in Kaliningrad mitzuteilen. Der Finder entsprach der Bitte, schickte auch Ansichten von Jersey, und er hatte aus Kaliningrad Antwort erhalten, mit der er zur Redaktion gekommen war. Die russischen Briefmarken wären sehr malerisch, hieß es in dem Artikel, darum druckte die "Jersey Weekly Post" den Briefumschlag ab. Nicht nur die Adresse des Empfängers, auch die des Absenders stand, deutlich lesbar, auf der Vorderseite des Briefumschlags. Das mitgeschickte Foto wurde in dem Artikel beschrieben: der Absender mit seinem Enkel und seinem Cocker Spaniel. Er gehörte meiner Generation an und er war ein Hundefreund und er hatte Englisch geschrieben - es war fast des Guten zu viel.

"Ich schreibe ihm! Ich schreibe nach Kaliningrad!"

Aufregend war es! Mein Mann, die Kinder, alle waren angesteckt. Als ich nach Wochen immer noch auf Antwort wartete - ich wusste noch nicht, dass es bei der russischen Post nicht so schnell geht - und drauf und dran war, die Hoffnung aufzugeben, da munterte die Familie mich auf: Geduld, Geduld.

Der Antwortbrief kam. Freundlich, höflich, durch ungewöhnliche Wortwahl in verblüffend ausdrucksvollem Englisch. Er beschrieb den Verlauf der Straße, in der er wohnte, und gab ein Stimmungsbild von einem Gang, mit Hund, um ein markantes Gewässer der Stadt, das früher Schlossteich hieß. Mit dem Brief kamen ein Foto von der Domruine im Schnee und zwei Ansichtskarten: das erhalten gebliebene Schauspielhaus und die wiederaufgebaute ehemalige Börse. Und es waren Fragen in seinem Brief, Fragen nach meinem Leben damals in Königsberg, es sollte nicht bei je einem Brief hin und her bleiben! Ich konnte es kaum fassen - zu der Stadt, in der die Spuren der Stadt meiner Jugend fortbestehen, hatte ich nach vier Jahrzehnten eine Verbindung! Und dazu über einen Menschen, mit dem es im Laufe des Briefwechsels viele Gemeinsamkeiten zu entdecken gab.

Er schrieb von Konzerten in der Kaliningrader Philharmonie, ich konnte ihm Programme von Konzerten in Königsberg schicken. Im Rucksack hatte ich sie von Ost nach West gebracht. Schallplatten schickte ich, sie waren lange unterwegs, aber sie erreichten ihn. Ich hatte bald eine Sammlung von Kaliningrader Ansichtskarten. Einen Bildband von Königsberg schickte ich ab, nur mit geringer Hoffnung, dass der ankommen würde. Drei Monate waren seitdem vergangen, als sein Telegramm kam: "Book arrived today."

Nicht selten wurde ich am Postschalter gefragt:

"Kaliningrad, ist das im asiatischen oder im europäischen Teil der Sowjetunion?"

Für wenige, außer den Ostpreußen, verbindet sich mit dem Namen der frühere Name der Stadt, den, laut meinem Brieffreund, junge Menschen in Kaliningrad mit Vorliebe anwenden, und manche wünschten ihn sich für ihre Stadt - gewiss ein aussichtsloses Verlangen.

Den Anfangsbuchstaben des Stadtnamens, "K.", schreiben wir in unseren Briefen, oder, wenn es notwendig ist, "old K." oder "new K.". Bei der Namensgebung, Kaliningrad, dürfte die Übereinstimmung des Anfangsbuchstabens mit Königsberg wohl keine Rolle gespielt haben.

Im Gegensatz zu Nordostpreußen, dem russischen Teil, sind Fahrten in den südlichen, den polnischen Teil, seit vielen Jahren möglich. Ich bin lange unschlüssig gewesen, ob ich die Stätten meiner Kindheit in Masuren aufsuchen sollte. Ja, wenn ich auch nach Königsberg fahren könnte...

Aber nun, 1988, besteht nicht nur die Brieffreundschaft, es besteht auch, dank neuer Strömungen in der Sowjetunion, Hoffnung auf ein Ende der Abschottung Kaliningrads nach Westen - nun könnte ich meinen Jahren vor Königsberg nachspüren.

Eine Busreise nach Masuren in den Sommerferien. In meinem Visum hat man meinen Geburtsort mit einem, gelinde gesagt, unlogischen Zusatz versehen: Angerburg, Volksrepublik Polen. Der polnische Reisebegleiter will die Unlogik nicht wahrhaben. Standquartier der Reisegruppe ist ein Hotel nahe der Stadt, die ehemals den Namen Sensburg trug. Ausflugsfahrten laut Programm wechseln ab mit freien Tagen. Vor dem Hotel stehen Taxis in langer Reihe.

"Nach Angerburg, bitte." Ich nenne auch den polnischen Namen. Nicht nötig, sagt der Fahrer. Angerburg, Kreisstadt, unweit großer Seen und dichter Wälder, hatte damals den Beinamen "Die Pforte Masurens". Langsam fährt mein Fahrer durch die Stadt. Ich kann wenig wiedererkennen.

"Viel neu," sagt er, "wo gewohnt?"

"Bahnhofstraße."

Endlos lang war sie dem Kind erschienen, die Bahnhofstraße. Immer zu Fuß durchmessen, mit der Mutter zum Einkaufen, mit der Familie auf dem Sonntagsspaziergang, mit den Nachbarskindern und dem Bruder auf dem Schulweg.

Und jetzt sitze ich im Taxi.

"So, das war Bahnhofstraße," sagt der Fahrer und hält vor dem Bahnhof.

Wir sind doch eben erst in die Bahnhofstraße hineingekommen!

"Zurück, bitte, langsam."

Da ist der Fluss, die Angerapp. Wir fahren über die Brücke.

"Halten, bitte."

Der Fluss ist still, am jenseitigen Ufer angelt jemand, das diesseitige ist wie ausgestorben.

"Hier war doch ein Sägewerk...?"

"Ja, war Sägewerk, viele, viele Jahre zurück."

In der Schule hatten wir aufgehört, mit dem Griffel auf Tafeln zu schreiben, und unter meine erste volle Heftseite hatte der Lehrer eine 1 gesetzt. Mit dem Heft in der Hand lief ich, den Vater im Sägewerk zu suchen. Auf dem Fluss schwammen riesige Flöße von Baumstämmen, braunblank glänzend, ich hörte die lauten kurzen Rufe der Männer auf den Flößen, lief vorbei an gelandeten Baumstämmen und im Zickzack um hohe Bretterstapel bis zur Werkshalle. Das Kreischen der Sägen drang in meine Ohren und der süße Geruch des Sägemehls stieg mir in die Nase.

"He!" ganz laut musste der Mann schreien, "wo willst du hin? Hier sollst du nicht - dein Vater ist da hinten."

Die Kreissäge wurde nicht abgestellt, es war schwer, dem Vater verständlich zu machen, dass er sich die eine Seite im Heft angucken müsste. Er nahm das Heft nicht in die Hand und er guckte nur einmal kurz die aufgeschlagene Seite an.

"Nun lauf' schnell nach Hause!"

Hätte ich mir meinen Rückweg ausgemalt, ein Bild von fröhlichem Hüpfen und lustigem Balancieren wäre das gewesen. Ich trottete mit gesenktem Kopf, mühsam die Tränen zurückhaltend.

"Nie wieder zeig' ich ihm, was ich in der Schule mache!"


An der Brücke über die Straße und ein kurzes Stück an der Angerapp entlang - da ist das lange niedrige Haus. Es wurde auch früher von mehreren Familien bewohnt, jede mit ihrem eigenen Eingang. Das Haus erscheint mir größer als in der Erinnerung. Richtig, der Windfang vor jedem Eingang ist neu, damals trat man mit dem Öffnen der Haustür gleich in die Küche, eine Stufe hinunter. Eine geräumige Küche, da hatte auch die große Zinkwanne zum Bad am Sonnabend Platz. Mehr, viel mehr, spielte sich in der Küche ab als in der guten Stube dahinter, und erst recht in der kalten Jahreszeit. Wenn sie Weihnachtsstube war, die gute Stube, dann glänzten die Lichter am Tannenbaum, dann strömte der Ofen Wärme aus und den

Duft der Bratäpfel in der Röhre, aber sonst war sie im Winter meistens die kalte Pracht. Wohlig warm und gemütlich war es dann in der Küche, das Herdfeuer bullerte den ganzen Tag und ging auch nachts nicht aus. Im Sommer sorgte die offene Haustür für Zugluft. Dann trieben die Duftwolken von gebratenen Barschen und Plötzen nach draußen, und die Katze lag satt und träge auf der Schwelle. Wie einfach das Angeln war für meinen Vater, für meine Brüder - ein paar Schritte nur von der Haustür zum Fluss.

Ich stehe vor dem hohen Maschendrahtzaun, der sich, so weit ich sehen kann, dicht an der Angerapp hinzieht, und muss tief durchatmen. Es ist ein Schock, den Zaun zu sehen. Wenn es ihn damals schon gegeben hätte - der bloße Gedanke ist schrecklich. Der Schock weicht einem Gefühl der Erleichterung, der Freude: Kein Zaun hatte uns den Zugang zum Fluss verwehrt! Die Angerapp gehörte zu unserem Leben, sie war meine Erlebniswelt in den Sommern meiner frühen Kindheit. Gewiss, der Zaun schützt Kinder vor Gefahren. Waren wir uns der Gefahren bewusst gewesen? Wir planschten im Wasser, spielten mit Schlamm, bauten unermüdlich Dämme gegen die Strömung, wir wateten durch die flachen und auch nicht ganz so flachen Stellen in Ufernähe und machten Schwimmversuche. Vater warnte uns mit einem seiner zahllosen Sprüche: "'Koarlke, hest Grund?' 'Joa,' sed he un verschwund." Flusskrebse zwickten uns an den Füßen, das regte uns an, mehr von der Sorte zu suchen. Manchmal fanden Blutegel Gefallen an unseren Beinen, das war eklig, aber nicht einmal die Blutegel konnten uns die Angerapp verleiden.

Die Haustür, jetzt mit Windfang, ist auf der Hofseite, auf der anderen Seite, zur Straße hin, habe ich hohe Büsche und Sträucher gesehen. Damals war es der Garten mit Blumen: Tränende Herzen und Pfingstrosen, Löwenmäulchen, Astern, viele Dahlien. Auf dem Hof gibt es nicht mehr den Stall, in dem das Schwein gehalten wurde - ach ja, das Schwein! So zutraulich wurde es durch unsere von Pellkartoffeln unterstützte Dressur, die es willig mit der Ausführung des erlernten Tuns: sitzen und ein Füßchen heben, belohnte, dass die knusprigste

Schwarte vom Braten meinen zwei Jahre älteren Bruder und mich nicht zum Essen bewegen konnte, und Tränen fielen auch auf die Leberwurstbrote.

In einem Stallanbau stand Vaters Motorrad. Vor meinem Vater auf dem Tank saß ich, wenn wir einen Ausflug unternahmen oder eine Besuchsfahrt machten, auf dem Sozius hinter ihm saßen mein Bruder und meine Mutter. Mein großer Bruder konnte nicht auch noch drauf, er machte auch lieber Radfahrten mit seinen Freunden. Acht Jahre älter als ich war er, und was für ein Segen es war, dass es ihn gab! Wenn die Nachbarsjungen nicht aufhören wollten mich zu ärgern - "Das sag' ich meinem großen Bruder!" Das half. Manchmal nahm er mich auf sein Fahrrad, vor ihm saß ich in seitlichem Sitz, mit den Händen auf der Lenkstange hielt ich mich fest und jauchzte, wenn er über holprige Stellen fuhr. Einmal versteckte ich seine Schülermütze, und ich würde sie ihm nur geben, wenn er mich dafür wieder auf sein Fahrrad nähme, sagte ich. Das war kein guter Einfall.

Hinter dem Stall waren Gemüsebeete, und dahinter die Bleiche: eine große Wiese, auf der weiße Wäschestücke nach dem Spülen im Fluss in der Sonne ausgelegt wurden. Wehe, wenn da mal einer rennend die Kurve nicht kriegte und sich nur mit dem Fuß auf einem Wäschestück abfangen konnte! Die Katze wusste Bescheid, nicht durch Rufen, nicht durch Einkesseln ließ sie sich dazu verleiten, über die großen weißen Tücher zu laufen.

An einem langen Steg wurde Wäsche gespült. Ich hatte den Bruder gesucht, endlich sah ich ihn. Er lag auf dem Steg, eine Hand im Wasser. Ich lief auf den Steg, die Bretter klapperten unter meinen bloßen Füßen. Dann lag ich auf dem Bauch am Rand von der Bleiche und schluckte und spuckte und weinte. Der Bruder kniete weinend neben mir und klopfte mir den Rücken. Nach einer Weile liefen wir Hand in Hand nach Hause. Wir wurden in Decken gewickelt und hörten viele ernste Worte. In mir blieb eine unbestimmte Erinnerung an ein nasses, mit dem Bruder geteiltes Erlebnis.

Jahre später ließ mein Bruder einmal sein Aufsatzheft liegen, neugierig schlug ich es auf. "Ein unvergessliches Erlebnis" - ich las von dem siebenjährigen Jungen und seinem Hechtjagdfieber. Hechte stehen im Wasser, begann er, und er ist nahe dran, einen im Fluss zu fangen, mit der Hand, die schon die Wasseroberfläche durchbrochen hat und genau über dem Hecht ist. Ganz, ganz langsam lässt er seine Hand, die Finger leicht gekrümmt, dem Hecht näher kommen. Gleich hat er ihn! Plötzlich ein Poltern, klappernde Stegbretter, aufwellende Ringel im Wasser - weg ist der Hecht. Seine Schwester, natürlich, sie hat ihm alles verdorben, sie hat den Hecht verjagt! Voller Enttäuschung und Zorn gibt er ihr einen heftigen Stoß. Sie strauchelt, stolpert vorwärts, da ist das Ende des Stegs - sie fällt, plumps, in den Fluss. Tief ist der Fluss da, kein Grund. Sie kann nicht schwimmen, er ein wenig, nicht genug. Er ruft, schreit - niemand kommt. Soll er Hilfe holen? Das Haus scheint so weit weg. Er kniet sich hin am Stegende - wo ist sie? Da tauchen ihre Haare auf, er streckt sich lang auf dem Steg, reckt den Arm vor - die Haare sind fort, untergegangen. Er starrt angestrengt ins Wasser. Da, sie sind wieder an der Oberfläche, aber nun noch weiter weg vom Steg. Er krallt seine Zehen in die Ritzen, macht sich so lang wie er nur kann, er hat ihre Haare zwischen den Fingern, greift zu und fasst ein ganzes Büschel, hält es fest. Langsam, auf dem Bauch, auf den Knien, bewegt er sich seitwärts und zieht seine Schwester an den Haaren am Steg entlang durch das Wasser. Wo es flach ist, springt er hinunter, zerrt sie ans Ufer und dreht sie auf den Bauch. Er war einmal dabei gewesen, als einer aus dem Mauersee gezogen wurde und er hatte beobachtet, wie sie das Wasser aus ihm herauspumpten.

Die Bahnhofstraße - stadteinwärts gibt es immer noch den langen Eisenzaun auf unserer Straßenseite. Mit einem Stock in der Hand liefen wir Kinder an ihm entlang und das Klirren der Eisenstäbe begleitete uns. Zur anderen Seite der Brücke, Richtung Bahnhof, ein kleiner Park, die Anlagen, sagten wir. In den Anlagen durften wir nicht spielen, sollten auch nicht hineingehen, allein schon gar nicht.

Meinen Kreisel ließ ich tanzen auf dem Bürgersteig, ein Auto hielt. Zwei Männer, ich hatte sie schon mal mit dem Vater zusammen gesehen: ob ich Lust hätte, ein Stückchen mitzufahren.

"Ja!"

Schön im Auto zu fahren, stolz - sieht einen denn keiner?

"Hier muss ich aussteigen."

Wir waren am Bahnhof, weiter wollte ich nicht. Die Männer stiegen auch aus.

"Komm, wir kaufen dir eine Tafel Schokolade."

"Oh!"

Wir gingen in die Bahnhofswirtschaft, ich sollte mich mit den Männern an einen Tisch setzen. Ich setzte mich. Die Tafel Schokolade lag auf dem Tisch, ein Mann legte seine Hand darauf.

"Die kriegst du, wenn du uns zeigst, was du zwischen den Beinen hast."

"Was?"

"Na, wo du Piepie machst. Wie nennt ihr das, wenn ihr 'Vater und Mutter spielt?"

Mein Gesicht wurde heiß, ich kannte das Wort.

"Ich geh' jetzt."

"Warte doch, die Schokolade! Sag' das Wort, dann gehn wir raus ins Auto und du zeigst uns, und dann kriegst du die Schokolade."

Ich stand auf und wollte weg, ein Mann hielt mich am Arm fest, ließ aber gleich wieder los. Ich lief nach Hause und erzählte der Mutter von den Männern, was sie gesagt hatten. Die Eltern und die Nachbarn hatten ernste Gesichter, als sie miteinander sprachen. Die Männer sah ich nie wieder.

Im Winter bot die Steigung zum Bahnhof eine harmlose Rodelbahn, die war für die Kleinen, ich zog mit meinem Einsitzerschlitten und mit dem Bruder zum Bahndamm. Steil hinunter, heiho! Wie konnte einer wissen, dass die Schneewehen unten die Sausefahrt plötzlich abbremsen, dass der Einsitzer zum Katapult wird und mich hochschleudert? Und da musste auch noch ein Telegraphenmast stehen!

"Mein Arm! Au! Mein Arm!"

"Ist doch nichts mit deinem Arm," der Bruder bewegte ihn hoch und runter.

"Au!"

Ich konnte den Arm nicht bewegen, ich weinte. Der Bruder zog mich auf seinem Schlitten nach Hause, den Einsitzer im Schlepptau.

Der Vater wurde geholt. Die Familie, ich auf dem Schlitten, stapfte zum Krankenhaus. Ich musste dableiben. Als sie mit dem Schlitten wiederkamen, war der Arm in Gips - herrlich. Mutter kochte mein Leibgericht, wieder in der Schule half der Lehrer beim Mantelaus- und anziehen, die Jungen warfen ihre hart gebackenen Schneebälle auf andere, und Frau Tepper kam mit Apfelsinen.

"Hier ist er gebrochen," ich zeigte auf die Stelle am Ellenbogen und freute mich, einen gegipsten Arm vorführen zu können.


Zwei Orientierungspunkte haben mir beim ersten Durchfahren der Bahnhofstraße gefehlt: das Sägewerk Tepper und die Villa Tepper. Hohe Bäume stehen nahe einer zementierten Fläche.

"Ein Keller ist darunter, wird für Kartoffeln genutzt," sagt ein Mann, den mein Fahrer angesprochen hat.

"Ja, da hat mal ein Haus gestanden, ja, ein großes Haus, das haben die Russen abgebrannt, damals, im Krieg."

Ich war gern in der großen schwarz-weißen Küche der Villa. Ich probierte, nur auf den schwarzen oder nur auf den weißen

Kacheln zu gehen. Meine Mutter nahm mich mit, wenn sie manchmal am Nachmittag Fräulein Minna aufsuchte. Fräulein Minna, in weißem Kittel, herrschte über Schüsseln und Kochtöpfe, Kuchenbleche und Pfannen. Riesengroß war der Herd, auf dem es mal aus Kochtöpfen dampfte, mal in Pfannen zischte, und Fräulein Minna rührte, schmeckte ab, wendete und stellte warm.

„Ich koche vor," sagte sie, „gleich fertig."

Und immer war der Backofen summend in Gang, es roch wunderbar nach Gebackenem in der Küche, und noch viel wunderbarer, wenn sie den Backofen aufmachte und den duftenden Kuchen herausnahm. So viel zu essen ringsum und Fräulein Minna so dünn, wunderte ich mich.

„Was ist Fräulein Minna bloß tüchtig, immer so emsig," sagte Mutter, „ein Beispiel sollt' man sich nehmen."

Das hörte ich oft – so fleißig sein, oder werden, wie Fräulein Minna! Ach ja, wenn ich dann auch so viel Schönes backen könnte ...

„Pst!" Fräulein Minna legte den Finger auf den Mund, „hör' mal!"

Ein kreischender Schrei, und noch einer – schaurig hörte sich das an, aber ich wusste, das waren die Pfaue im Garten der Villa. Bis zu uns waren sie manchmal zu hören, und ich hatte auch schon gesehen, wie sie sich aufplusterten und mit ihrem Pfauenrad stolzierten.

Da war Mücki, der kleine Hund, auch schwarz-weiß. Wenn er in die Küche kam, ließ er sich kurz streicheln und verschwand gleich wieder.

„Er ist schon alt und Kinder kennt er nicht," sagte Fräulein Minna und gab mir ein Stück Kuchen.

In einem Sommer war ein Ferienkind aus Danzig in der Villa, eine lustige Spielgefährtin. Neue Spiele lernte ich und von der großen Stadt hörte ich mit Staunen und vom großen Meer, und ich bewunderte die neue Freundin, die über Wellen hüpfen und Sandburgen bauen konnte. Frau Tepper machte mit uns einen Ausflug nach Jägerhöhe. Wir kletterten auf Mauern und sprangen hinunter, am See durften wir Schuhe und Strümpfe ausziehen und durch das Wasser laufen, die Kleiderränder trockneten beim Fangenspielen. Wir saßen nur, wenn es Kuchen gab oder Eis. Der Chauffeur war allein zurückgefahren.

"Wir wandern," sagte Frau Tepper.

Nur Gehen war langweilig, und heiß war es. So viel gehen, wenn ich das doch gar nicht wollte! Ich bockte. Das half nichts, gewandert wurde bis nach Hause.


"Der Beruf des Vaters?"

Der Lehrer fragte alle und schrieb das in ein Buch. Mich hatte er schon zweimal gefragt. Ich blieb still.

"Er ist doch beim Sägewerk?"

"Ja."

"Und was macht er?"

"Er fährt Baumstämme."

"Na, dann ist er Langholzfahrer, das hast nicht gewusst?"

"Auf dem Langholzwagen steht nicht 'Sägewerk Tepper'."

"Nein? Was steht denn da?"

"Von meinem Vater der Name."

Als ich alt genug war für solche Dinge, erfuhr ich, dass Herr Tepper die Bürgschaft übernommen hatte, damit mein Vater sich Geld leihen und mit dem Kauf des Lastwagens selbständig machen konnte.

Autoschläuche hatten wir vom Vater, Schwimmreifen! Ich lag mit dem Rücken auf dem Reifen und ruderte mit den Armen. Wo die Weiden über dem Fluss hingen, ließ ich mich treiben, guckte ins Geäst, kniff die Augen zusammen gegen die grellen tanzenden Lichter. Der Bruder kam vorbei, auf dem Bauch lag er in seinem Reifen, der war aufrecht, und schlug mit den Beinen. Kräftiger schlug er - ich kreischte und ruderte weg von den Spritzern. Er steuerte auf die Brücke zu, schnell hinterher! "Hoho!" riefen wir unter der Brücke, gruselig laut schallte das. Sind die neugierig da oben, dachte ich, mal ein paar Kreise drehen, zeigen was einer kann. Wären wir bloß nicht unter der Brücke durch zur anderen Seite gerudert! Da hatte ein Mensch uns von oben erkannt und bei den Eltern verpetzt. Die Autoschläuche gab es dann nur noch, wenn auch der große Bruder dabei war. Wie der schwimmen konnte und tauchen und mit dem Kopf zuerst ins Wasser springen! Manchmal hielt er mich in Bauchlage und ließ mich mit Armen und Beinen Schwimmbewegungen machen. Wenn er losließ, ging ich strampelnd unter. Er holte mich hoch und stellte mich auf die Füße und ich japste und bettelte: "Nochmal!"

Es war nicht weit zum Bäcker und zum Milchladen der Molkerei. Wenn ich Brot kaufen ging, konnte ich es kaum erwarten, wieder zu Hause zu sein - meine Mutter schnitt mir den Kanten ab, die Kruste krachte beim Reinbeißen. Mit der Milchkanne in der Hand bibberte ich im Winter im eiskalten Milchladen, ganz blau waren die Hände der Frau, die mit dem Halblitermaß Milch aus dem großen Behälter schöpfte und in die Kanne kippte. Mit einer kleinen Kanne holte ich manchmal Sahne, ein Viertel Liter oder auch nur ein Achtel Liter. Niedlich war das Viertellitermaß, mit ihm wurde nicht geschöpft, aus einer großen Kanne wurde es sorgsam halb gefüllt, und dann gluckerte die Sahne in meine Kanne. Der Boden war bedeckt.

Ich gehe ein Stück die Bahnhofstraße entlang. Nein, natürlich gibt es den Bäcker und den Milchladen hier nicht mehr. Viele Autos fahren, damals hin und wieder eins. Statt Verkehrslärm war anderes zu hören.

"Der Scherenschleifer! Der Scherenschleifer!" Wir Kinder hörten seinen Ruf und eilten herbei, standen erwartungsvoll um ihn herum, wenn er seinen Schleifbock aufstellte. Leute kamen und brachten ihm vielerlei zu schärfen, Messer und Scheren, Sicheln, Beile und Äxte. Unten am Schleifbock war ein Brett, wie bei Mutters Nähmaschine, und mit dem Fuß bewegte er das Brett auf und ab und brachte das steinerne Rad in Schwung. Er hielt das erste Messer dagegen - ein krietschiges Geräusch, mal höher, mal tiefer, und die Funken sprühten nur so. Gebannt starrten wir auf den Funkenregen, wagten uns näher heran, wichen zurück, wenn Funken uns trafen oder der Scherenschleifer uns scheuchte, hielten uns auch mal mit gespieltem Schrecken die Ohren zu, bis das letzte Stück geschärft war und das Rad stillstand.

Von der Straße ertönte oft Läuten oder Klingeln. Mit einer großen Handglocke ging ein Mann langsam die Straße entlang und läutete bis er stehen blieb, dann rief er:

"Morjennachmittach um drei auffem Schlachthof Schweine-fleisch zu verkaufen!"

Der Lumpensammler hatte eine hell tönende Glocke. Wenn ich sie hörte, lief ich hin, und wenn er anhielt, streichelte ich das Pferd vor dem Wagen.

Ein Wagen brauchte keine Glocke, er kam heran mit Klingklang und mit Klappern, und wenn das Pferd stand, war immer noch Geklapper zu hören. Der Wagen hing vom Verdeck bis zu den Rädern voller Kochtöpfe und Pfannen und Eimer, und innen war er voll gestapelt mit allerlei - "Der Jakob ist da!" Wir standen um den Wagen herum oder beim Pferd, und Erwachsene fanden sich ein, etwas zu kaufen oder anzugucken. Der Jakob war ein lustiger Mann, er erzählte viel, die Erwachsenen lachten laut. Für uns Kinder sang er ein Lied und klopfte mit zwei Holzlöffeln auf Kochtöpfen dazu den Takt. Wenn er weiterfuhr, liefen wir ein Stück mit, dicht neben dem Geklinge und Geschepper, und wenn wir zurückblieben, konnten wir es noch eine Weile hören.

1936: Angerburg ade! Wir zogen um nach Treuburg.

Drei Jahre wohnten wir in Treuburg, Kreisstadt in Masuren mit dem eigenen, dem Treuburger See. Als wir die Stadt wieder verließen, war ich fast elf Jahre alt.

"Nach Treuburg, bitte." Wir kommen in die Stadt hinein. Da ist das Postamt, immer noch, da war das Papiergeschäft, in dem wir unsere Glanzbilder und Abziehbilder kauften. Kein Zögern, kein Überlegen, als ich meinem Fahrer den Weg weise.

"In dieser Richtung am Markt entlang weiter."

Das war einmal ein riesengroßer Marktplatz, auf ihm ist nun eine baumreiche Parkanlage entstanden. Man erzählte sich, dass ein Kaufmann vor die Tür seines Ladens am Markt getreten war und weit weg, auf der Marktseite gegenüber, einen Menschenauflauf zu erkennen meinte. Er schickte den Lehrjungen hin, mal nachzusehen, was da los wäre. Der Lehrjunge kam atemlos zurück: "Da is einer dem keiner kännt!"

"Hier bitte rechts abbiegen."

Die Straße hieß früher Deutsche Straße, da war der Fleischer, bei dem es freitags Grützwurst mit Suppe gab, und der Bäcker, ein Stückchen weiter, hatte im Sommer auch Eis.

"Nun nach links, über die Brücke, richtig."

Eine kurze Straße, und an ihrem Ende, wo sie in unsere Straße mündet - "Bitte halten!" -, steht auf der linken Seite das Haus - nein, da steht nichts. Irre ich mich, war es nicht hier? Doch, es war hier, über die Straße ist der Laden - war der Laden. Das große Fenster ist zugemauert, die Tür auch, der Schriftzug "Kolonialwaren" darüber ist immer noch zu erkennen. Da hatte meine Mutter eingekauft, manchmal ich, und dann gab es als Zugabe ein Bonbon. Mit einer Schüssel wurde ich hingeschickt, Bratheringe zu kaufen. Große, dicke Bratheringe, über die der Kaufmann mit der Kelle auch etwas von der Flüssigkeit aus dem Fass gab. Ich trug die Schüssel vorsichtig, damit nichts überschwappte, und als ich die Straße überquert hatte und in unserer Einfahrt war, hielt ich an und hob die Schüssel an den Mund. Sie schmeckte so gut, die Bratheringstunke. Ich drehte mich um - der Kaufmann stand in der Ladentür und sah mir zu.

Alle Häuser stehen, nur das eine nicht. Mein Fahrer fragt im Nachbarhaus. Das Haus war von einem Geschoss getroffen worden, bevor die Stadt von der Roten Armee eingenommen wurde. Lange hatte es als Ruine gestanden, dann wurden die Trümmer weggeräumt. Am Markt hatte ich anstelle alter Häuser viele Neubauten gesehen. Ich fragte, ob dort auch Geschosse eingeschlagen wären.

"Nein, da war durch den Krieg nichts zerstört. Bei der Siegesfeier fing ein Haus an zu brennen, keine Feuerwehr, ein Haus nach dem anderen brannte ab."

Ich sehe das Haus in der Lücke, das Eckhaus, Fenster zu zwei Straßen, Eingänge nur von einer Straße, gegenüber dem Kolonialwarenladen. Der eine Eingang, ein paar Stufen hoch, wurde wenig benutzt, der andere, durch eine Hofeinfahrt, umso mehr. Da kam man auch zu dem kleinen Nachbarhaus, das damals von der Straße aus nicht zu sehen gewesen war. In dem Haus wohnte ein junger Mann mit seiner Mutter, und von ihm borgten wir, mein Bruder und ich, uns laufend Lesestoff: Rolf Torring, Tom Shark, Jörn Farrow. Er hatte sie stapelweise. Und als wir mit Karl May anfingen, hatte er auch die.

Die Straße war Spielplatz und Übungsstrecke, ich hatte mein erstes Fahrrad bekommen, und Rennbahn. Die Jungen rannten wie wild die Straße entlang und brüllten: "Jesse Owens kommt! Jesse Owens kommt!" Wer das war, das wussten auch wir Mädchen: der schnellste Läufer in Berlin, und als mein Bruder Zigarettenbilder für das Olympia-Album sammelte, konnte ich ihn und alle anderen Sieger sehen. Am liebsten sah ich mir die Pferde und ihre Reiter an.

Manchmal durfte ich mit meinem Vater mitfahren, wenn er mit dem kleineren Lastwagen, dem Opel Blitz, eine Fahrt zu machen hatte. Einmal hielt er auf einer Straße an, die durch Waldgebiet führte, am Straßenrand lagen Baumstämme. Er wollte kurz mit den Männern sprechen, die im Wald mit Pferden Holz rückten. Ich blieb sitzen, und die Fahrertür war offen geblieben. Wahrscheinlich saß ich nicht lange still, ob ich beim Herumrutschen an die Handbremse gekommen war - auf einmal setzte der Lastwagen sich in Bewegung. Ich hörte Schreie, ich sah meinen Vater über die Baumstämme springen und rennen, er sprang auf das Trittbrett, zog die Handbremse, von dem Ruck des Anhaltens fiel ich vom Sitz. Als ich hoch kletterte und nach dem Schreck die Tränen kamen, saß mein Vater, die Augen zu, Schweiß über das ganze Gesicht, auf dem Fahrersitz. Er machte die Augen auf und zog mich zu sich heran. "Nuscht passiert," sagte er.

Im Nachbarhaus auf der anderen Seite der Hofeinfahrt wohnten zwei alte Damen. Wenn die Abende länger wurden, waren mein Bruder und ich eingeladen, mit ihnen Mensch-ärgere-dich-nicht oder Halma zu spielen. Eine Schale mit Keksen stand dann immer auf einem Nebentischchen, wir sollten nur zulangen. Jedes Mal war die Schale aufs Neue gefüllt. Immer waren sie schwarz gekleidet, die beiden Damen, immer zierte ein schneeweißer Spitzenkragen das schwarze Kleid. Die eine trug ihr graues Haar zu einem Knoten gesteckt, die andere ihr fast weißes Haar über den Ohren zu Schnecken gewunden. Ich war gern bei ihnen, es gab so viel zu sehen. Die Wände waren voller Bilder. Hohe Berge, auf einem Bild mit herabstürzendem Wasserfall, auf einem anderen mit rötlich leuchtenden Spitzen - "Alpenglühen," sagte eine alte Dame. Ein Bild vom Meer, blaugrüne Wellen und weiße Schaumkronen, und ein Bild von einem schönen Garten, mein Lieblingsbild: in dem Garten spazieren silbergelockte Rokokodamen, wie die alten Damen sie nannten, in wunderbaren Kleidern, und kleine Hündchen springen um sie herum. Aber die meisten Bilder waren Fotografien. Streng dreinblickende Herren in dunklen Gehröcken, andere in Uniform, zugeknöpft bis zum Kinn, und Damen mit aufgetürmten Haartrachten und in Blusen mit hohem Stehkragen, auf dem eine große Brosche prangt. Ein Foto von einem Mädchen sah ich mir immer wieder an. Die langen welligen Haare hatten es mir angetan und das weiße Volantkleid und die feinen Spangenschuhe und nicht zuletzt der große Hund neben dem Mädchen, dem es eine Hand auf den Kopf gelegt hat.

"Ein Foto von mir und unserem Bernhardiner," hatte eine alte Dame gesagt.

Auf dem Vertiko und auf Kommoden und kleinen Tischchen standen oder lagen allerlei Dinge, jedes auf seinem eigenen Spitzendeckchen. Vasen und Väschen, Porzellanfiguren und Glastierchen, Tässchen und Tellerchen mit aufgemalten Blumen und kugelähnliche Gebilde aus bunt schillerndem Glas. "Papiergewichte," sagte eine alte Dame und gab mir eins in die Hand. Schwer war es und wunderschön anzusehen, in vielen Farben leuchtende Muster in Glas eingefangen. Und nirgendwo ein Stäubchen! Ich staunte laut. Staubwischen sei für sie beide eine liebe Beschäftigung, hörte ich. Für mich nicht.

Wir hatten aus Angerburg einige düstere Möbelstücke mitgebracht, Frau Tepper hatte sie meinen Eltern beim Fortzug überlassen. Aus Ebenholz waren sie, tiefschwarz und hochpoliert, mit Säulen und gezackten und kugligen Verzierungen: ein Vertiko mit Spiegelaufsatz, ein Schreibtisch - Damenschreibtisch, sagte meine Mutter -, ein ovaler Tisch, ein Stuhl und ein Sofa, beide schwarzes Holz und grauer Samt. Sie standen in der guten Stube, nein, Wohnzimmer hieß sie dann, und beim schrecklichen Staubwischen, murrend getan, verwünschte ich die gedrehten Säulen und die aufgesetzten Zacken und Kugeln. Manchmal musste ich kräftig reiben, wenn Tränen auf das glänzende Holz gefallen waren - was hätte ich, statt staubzuwischen, in der Zeit doch alles tun können!

Mein Bruder und ich lasen mit der Taschenlampe im Bett. Auf den Ausgang spannender Abenteuer bis zum nächsten Tag warten? Unmöglich, oder ein Ding der Unmöglichkeit, wie meine Mutter sagen würde. An einem Abend hatte meine Taschenlampe einen Wackelkontakt, sie ging aus, ich musste sie schütteln und immer wieder anknipsen. Mein Vater steckte den Kopf zur Tür herein:

"Was knackt hier so?"

"Ich hab' eben eine ganz harte Karotte gegessen," log ich.

"Hm, jetzt aber schlafen."

Ich las und knipste weiter. Es dauerte nicht lange, da war mein Vater im Zimmer, an meinem Bett -

"Von wegen Karotte! Wir sprechen uns morgen!"

Mit Buch und Taschenlampe verschwand er, nicht ohne vorher forschend auf das Bett meines Bruders geblickt zu haben. Aber der hatte schnell alles unter das Kopfkissen gestopft und lag da, tief schlafend, mit einem regelmäßigen leisen Schnarchgeräusch. Nach wenigen Minuten der Stille mussten wir beide uns das Zudeck über den Kopf ziehen – lieber keine Luft kriegen als den Vater mit Gekicher und Gepruste noch mehr reizen!

In der Schulbücherei fanden wir nichts Neues mehr, aber bei dem jungen Mann im Nachbarhaus mit den Bücherstapeln auf dem Fußboden. Er sagte, er werde längere Zeit nicht da sein, aber wir könnten uns ruhig weiter Bücher holen, seine Mutter sei ja da. Eines Tages sah ich ihn wieder, er trug eine schwarze Uniform und hohe Stiefel. Ich war ihm auf der Straße begegnet und hatte ihn nicht erkannt, erst als er stehen blieb und mich begrüßte. Als ich meinem Bruder erzählte, wie der junge Mann aussah, lachte er mich aus - "Wer fürchtet sich vorm schwarzen Mann?"

Wir gehen ein Stück am See entlang, mein Fahrer und ich. Die alte Badeanstalt, es gibt sie noch! Alles an ihr ist Holz - antik sieht sie aus. Ich erfahre, dass sie nicht mehr benutzt wird, aber erhalten bleiben soll. Meine alte Badeanstalt unter Denkmalschutz, wie schön! Mein Freischwimmerzeugnis hatte ich da erworben und Vaters Lob geerntet: "'Bon' sagte der Graf, denn er sprach perfekt Französisch." Dann schwamm ich bald mit anderen über den See. Nicht an seiner breitesten Stelle, versteht sich, wir mussten ja auch wieder zurückschwimmen.

Im Winter wagten wir uns auf den zugefrorenen See, manchmal knackte das Eis bedrohlich unter unseren Schlittschuhen. Auf dem Marktplatz tat es das nicht, eine gespritzte Eisfläche bot Jung und Alt sicheres Eislaufvergnügen. Ein zweifelhaftes Vergnügen war es, wenn die Jungen uns Mädchen auf dem Weg von der Schule mit Serien von Schneebällen bewarfen oder, wenn sie uns zu fassen kriegten, mit Händen voller Schnee einseiften. Wir waren ihnen unterlegen, was die Härte der Schneebälle betraf und die Geschwindigkeit, mit der sie geflogen kamen. Wegrennen oder verstecken, hieß es für uns.

Verstecken spielen - ein Riesenspaß, wenn der Winter vorbei war. Alle Kinder aus der Nachbarschaft machten mit. Wir legten das Gebiet fest: bestimmte Höfe, die mit Schuppen und Bretterhaufen und mit Ansammlungen von allerlei Gerät zum Verstecken einluden. Wir zählten ab, bis der Sucher übrig geblieben war:

Öng döng,
katalöng,
löngssü, löngsso,
katarinka tinka to,
öng döng ut.

Ein einziges Mal fuhren Erwachsene ärgerlich dazwischen und beendeten unser Spiel vorzeitig. Ein aufgeschichteter Brennholzstapel war eingestürzt.

Mein großer Bruder hatte eine Freundin, und mein Bruder und ich machten uns den Spaß, ihnen beim Spaziergang aufzulauern. Mit lautem Geschrei sprangen wir plötzlich aus einem Gebüsch, dass sie erschrocken auseinander fuhren. Ein einmaliger Spaß, die Drohungen meines großen Bruders, falls wir das noch einmal zu tun wagten, waren fürchterlich.

Markttag im Sommer: Walderdbeeren, Blaubeeren, Himbeeren, die gekaufte Menge abgemessen in breiten runden Litergefäßen, Korb um Korb voller goldgelber Pfifferlinge, voller Steinpilze, groß und schön wie in Märchen, in Rhabarberblättern eingeschlagene Butterstücke, weißgelber Käse in feuchten Leinentüchern - "Probiern Sie, Madamche." Und ich bekam auch ein köstliches Stückchen. Gewimmel von Getier in Körben und Kästen: Küken, Entchen, Gänschen, mit immer während Gepiepse und Getschiepse, nur übertönt vom Quieken der Ferkelchen auf den Bauernwagen.

Pferdemarkt: Stuten wurden vorgetrabt, dicht neben ihnen und aufgeregt langbeinige Fohlen. Andere wieherten schrill nach der Mutter, wenn sie nicht mitlaufen durften, und die Antworten der Stuten tönten über den Markt. Schnelle Rede und lautes Feilschen, dann knallend der Klatsch in die Hand - ein Pferd wechselte den Besitzer. Ich ging die Reihen entlang, welches Pferd würde ich mir aussuchen? Lange blieb ich immer bei denen stehen, die den Kopf hängen ließen, trübsinnig aussahen, auf mein Streicheln nicht ansprachen. Um sie herum gab es kein Gedränge. Vielleicht waren sie alt. Vor allem aber waren sie traurig und das, fand ich, machte einen selber traurig.

Irgendwann gab es auf einmal Schilder in der Stadt: Juden nicht erwünscht. An Gasthöfen waren die Schilder, schwarze Schrift auf weißem Grund, am Kino, auf den Lehnen der Bänke am See.

Mein Vater schaffte zu den Lastwagen ein weiteres Fahrzeug an, einen Omnibus. Der erste in Treuburg, der einzige damals, grau, lang und schnittig. Die meisten Fahrten mit dem Omnibus fanden an Wochenenden und an Feiertagen statt: Vereinsfahrten, Gesellschaftsfahrten, von meinem Vater angebotene Tagesfahrten zu Ausflugszielen in Masuren, manchmal verbunden mit einer Dampferfahrt, oder auch über Masuren hinaus. Er fuhr ihn, und wenn die Familie mitfuhr, und das geschah oft, dann saß ich links von ihm auf einem Klappsitz und eroberte Ostpreußen. Den Stinthengst von Nikolaiken bestaunte ich, den großen Spirding-See, das Tannenberg Denkmal; auf dem Fluss Krutinna gab es eine Kahnfahrt und im Niedersee herrliches Badevergnügen. In der Rominter Heide sahen wir zwar keine Hirsche, aber wir hörten sie, in Trakehnen wäre ich gern länger geblieben. Fahrten nach Königsberg und an die Samlandküste verpasste ich, da war ich bei Tante Julie auf dem Lande.

Fast in der Mitte des Treuburger Marktplatzes ist der Kirchenberg, da steht nicht nur die Kirche, da war auch meine Schule. Nur ein Jahr lang war ich dort Schülerin, in unserem letzten Jahr in Treuburg. Und zur gleichen Zeit, als ich in die

Schule auf dem Kirchenberg kam, wurde ich Jungmädel. Dazu fanden wir uns auch auf dem Kirchenberg ein. Da standen wir Zehnjährigen oder, wie ich, fast Zehnjährigen, ein bisschen aufgeregt, in einigem Abstand zu den Gruppen größerer Mädchen, die Uniform trugen. Sie sahen zu uns herüber, und wir hörten, wie sie laut "Säuglinge" sagten. So eine Gemeinheit. Eine Führerin kam zu uns. Sie hatte eine Liste mit unseren Namen, rief uns einzeln auf und besiegelte mit Handschlag und Blick in die Augen unseren Eintritt in die Hitlerjugend. Wir wurden in kleine Gruppen, Jungmädelschaften, eingeteilt. Die Schaftführerin sagte uns, was alles zur Uniform gehörte, zum Dienst müssten wir in Uniform erscheinen. Dienst: Lieder lernen, Lieder singen, Heilkräuter sammeln, Sportnachmittage, Sportwettkämpfe und Wanderungen. In meinem ersten Jahr bei den Jungmädeln hat nur das Heilkräutersammeln keinen Spaß gemacht.

Bei einer Schulfreundin, Brigitte, war ich ein paar Mal zum Spielen in einem großen Haus am Markt und einmal zu ihrer Geburtstagsfeier. Ein riesiger Tisch, voll beladen mit Torten, Kuchen, Süßigkeiten, Pudding in Schüsselchen und Kakao in Tassen. Ringsum saßen wir, eine Menge stummer oder verlegen kichernder Mädchen, die halbe Klasse oder mehr. Der Essensberg schrumpfte rasch. Als wir alle im Garten waren, brav die Wege entlanggingen, pflückte ich einen prächtigen Apfel, der mir in Augenhöhe begegnet war. Brigitte fragte mich nie wieder, ob ich zum Spielen käme, es war das vom Großvater gezogene Spalierobst, das zum ersten Mal Früchte trug, nur wenige.

Felizitas aus meiner Klasse hatte einen Hund, einen rotbraunen Setter. Freunde meiner Eltern hatten eine graue Wolfshündin, Hexe, etwas kleiner als ein Schäferhund. Ich durfte sie ausführen und nahm sie dann auch mit zu Streifzügen mit Felizitas und ihrem Setter. Wir vier hatten viel Spaß beim Herumtollen auf freiem Feld. Manchmal machte das die Hunde ganz schön wild, und nachdem ein großes Stück von meinem Mantel in Hexes Zähnen hängen geblieben war, mussten sie und ich lange auf den lustigen Auslauf verzichten.

Einmal traf ich Felizitas, als sie gerade Butter gekauft hatte. Vorsichtig biss sie an einer Kante ein kleines Loch in das Papier und sog genießerisch daran. "Schmeckt prima," meinte sie. Stimmte, ich probierte es beim nächsten Einkauf.

Wer war es nur, die mit mir die erste Zigarette rauchte? So ein Ereignis und ich habe den Namen vergessen! Wir hatten uns zu irgendetwas verabredet, und fernab von Häusern und Menschen holte sie aus der einen Jackentasche Zigaretten und Streichhölzer hervor, aus der anderen in Pergamentpapier eingerollte Salzgurken: "Die muss man hinterher essen, dann merkt keiner was." Die Zigaretten schmeckten uns nicht, die Salzgurken verzehrten wir mit Genuss.

1939: Treuburg ade! Umzug nach Königsberg. Ich war ein wenig geknickt, aber nicht für lange - eine große Stadt erwartete mich.

Zu meiner Kindheit in Masuren gehört auch ein 150-Seelen-Dorf im Kreis Johannisburg: Kosken, der Geburtsort meiner Mutter und oft mein Ferienort, über Kinderjahre hinaus.

Ich hörte gern meine Mutter vom Leben im Dorf erzählen. Von der Zeit zwischen Weihnachten und Neujahr, wenn Frauen und Mädchen zusammenkamen, zu Hause und dann reihum bei Nachbarn, und Federn rissen für Oberbetten und Geschichten erzählten und Lieder sangen - das war eine ihrer liebsten Erinnerungen. Sie erzählte vom Unterricht in der Schule, dem kleinen schmucken Haus am Ortseingang. Die Schultür war offen am frühen Morgen, die Kinder konnten hinein, sollten hinein, denn wenn der Lehrer sie nicht in Empfang nahm, war er noch oben in der Wohnung. Er klopfte durch die Decke - einmal: hinsetzen; zweimal: die Kleinen Fibel aufschlagen, die Großen Lesebuch aufschlagen; dreimal: lesen. Aber sie lasen nie lange allein, bis er sich rasiert hatte, meinte meine Mutter. Und sie erzählte, wie sie sich vor dem Lehrer versteckte, wenn sie nicht in der Schule gewesen war, weil zu Hause ihre Mithilfe gebraucht wurde. Sie sah den Lehrer kommen und verschwand in den Keller im Garten. Der Keller war von außen ein lang gestreckter Hügel mit niedrigem Eingang an einem Ende, Stufen führten hinab in den kühlen unterirdischen Raum. Aber einmal hatte der Lehrer sie gesehen und er kam hinterher und rief in den dunklen Keller hinein: "Anna! Komm raus!" Sie rührte und muckste sich nicht, bis sie ihn weggehen hörte.

In meinem Erwachsenenleben bewunderte ich die schönen langen Briefe, die ich von meiner Mutter bekam, und ihren Lehrer.

Bäuerin auf dem elterlichen Hof war Tante Julie, Schwester meiner Mutter, Onkel Gottlieb war verstorben. Ich sehe Tante Julie vor mir: das sonnengebräunte Gesicht mit den markanten Backenknochen, der kräftigen kurzen Nase und dem kleinen Mund, dem tiefen Haaransatz und den verschmitzten dunklen Äuglein. Als Äuglein habe ich sie in Erinnerung - immer ein wenig verkleinert von den vielen Lachfalten. Gewiss waren es nicht nur Lachfalten, aber mir, dem Kind, schien es so, Tante

Julie lachte immer, wenn sie mit mir sprach. Fast immer, das Kind brauchte auch mal ein ernstes Wort. Sie trug ihr dunkles, von grauen Fäden durchzogenes Haar straff zurückgekämmt und zum Knoten geschlungen. Klein war sie und so wunderschön kuglig rund, unter ihrem langen weiten Rock hätte ich mich verstecken mögen. "Ursul," sagte Tante Julie, wenn ich wieder mal vom Pferderücken gesprungen war, "Ursul, bist aber wild." Und sie lachte, tief, glucksend. Niemand sonst sprach meinen Namen so aus wie sie: als ob er drei R's hätte und Betonung auf der zweiten Silbe. "Ursul!" Wie gern ließ ich mich so rufen, und es ist, als könnte ich es immer noch hören.

Als wir einmal einen Osterbesuch machten, angereist mit Vaters Motorrad, durfte ich Liese reiten, die hübsche dunkelbraune Stute, das heißt, meine Cousine führte sie. In späteren Sommerferien ritt ich mit Tante Julies Enkelsohn, fast so alt wie ich, Pferde zur Weide, zum Rossgarten. Wenn wir außer Sichtweite waren, gab es nur eine Gangart: Galopp. Im Galopp ging es auch mit dem Erntewagen nach Hause, wenn ein Gewitter und dunkle Regenwolken drohend aufzogen. Meine Cousinen und ich kreischten wie verrückt hoch oben auf dem Fuder, vor Angst oder vor Lust oder vor beidem. Bei geruhsamer Fahrt pflückten wir von den Kirschbäumen am Weg so viele wir von den prallreifen Kirschen fassen konnten. Und dann - wer spuckt den Kern am weitesten?

Als eine Tochter von Tante Julie heiratete, fuhren wir mit dem Omnibus von Treuburg nach Kosken. Langsam auf der Dorfstraße, an der alle Dorfbewohner standen. Mein Vater fuhr die Hochzeitsgesellschaft zur Kirche, es waren etliche Kilometer bis zum Kirchdorf. Es hieß Morgen, früher Kumilsko. Der alte Name, aus den Erzählungen meiner Mutter vertraut, war mir lieber.

In den Sommerferien kam ich allein mit dem Zug über Lyck bis Gehlenburg, Bahnstation für das mehrere Kilometer entfernte Kosken. Jeder Zugwagen hatte kleine Abteile mit Türen zum Ein- und Aussteigen, aber keine Durchgangstüren. In Treuburg wurde ich in so ein Abteilchen gesetzt. Auf einer Fahrt stiegen nach und nach alle in meinem Abteil aus, alle bis auf einen Mann. Da saß ich, und mir gegenüber der Mann. Er sprach nicht, lächelte nicht, starrte mich nur unverwandt an. Gehlenburg! Nur schnell raus! Ich öffnete die Tür, trat auf die Stufe und fiel mit dem nächsten Schritt tief hinunter und der Länge nach auf Schotter. Es war nicht die Bahnsteigseite. Mein Köfferchen war zugeblieben, meine Knie, meine Beine, Arme und Handflächen waren schwarz, rot sickerte es durch an den Knien, und das gute Reisekleid sah nicht mehr gut aus. Als ich aufgestanden war und hoch blickte, lächelnd hoch blickte, um zu zeigen, dass der Sturz mir rein gar nichts ausmachte, sah ich das Gesicht des Mannes am Fenster der zugemachten Tür. Kein Lächeln, er starrte nur. Ich drehte ihm den Rücken zu, bis der Zug abgefahren war. Dann über die Bahnschienen, aber die Kante des Bahnsteigs zu erklimmen, das wäre mir ohne die Hilfe des Mannes mit der roten Mütze kaum gelungen. Er kam gleich an, wollte erst schimpfen, aber dann nahm er mich mit ins Bahnhofsgebäude und stellte mir eine Schüssel mit Wasser auf eine Bank, Seife und Handtuch brachte er auch. Und meine Cousine, die mich abholte und schon gedacht hatte, ich wäre nicht gekommen, schlug die Hände über dem Kopf zusammen.

Ach ja, Lyck! Im Kreiskrankenhaus wurden mir die Polypen herausgenommen. Da hatte meine Mutter die Bahnfahrt mit mir gemacht. Neugierig und gespannt auf das, was ich erleben würde, war ich auf der Hinfahrt noch vergnügt - es war dann kein vergnügliches Erlebnis. Auf der Rückfahrt krächzte ich nach etwas zu essen, bekam aber nichts, trotz Riesenhunger.

In Gehlenburg wohnte Tante Marie, sie hatte den Mehlladen in der Mühle, Onkel Wilhelm war Müller. Tante Marie war auch eine Schwester meine Mutter. Als Kind verbrachte ich Ferientage auch bei ihr. In blütenweißer Schürze, wie sie, durfte ich mit ihr im Laden sein. Da waren in schrägen Kästen viele Sorten Mehl, jede ein anderes Weiß, und in Säcken mit aufgerolltem Rand verschiedenfarbige Erbsen, Bohnen, Körner. Wenn Kundinnen kamen, wurde ich vorgestellt: "Die Tochter von Anna," kamen keine, dann durfte ich auch mal ein Tütchen Erbsen einschütten und abwiegen. Mehl nicht, das hätte bei mir zu sehr gestaubt. Ich lernte mancherlei von Tante Marie. Es können, zum Beispiel, drei Erbsen, über die linke Schulter geworfen, den bösen Blick bannen und Unheil abwenden.

Der einzige Bruder meiner Mutter, Onkel Adolf, wohnte auch in Gehlenburg, er war Bauer. Und er war ein Eigenbrötler. Man respektierte das und fiel ihm nicht lästig mit Besuchen. Eine unvergessliche Begegnung hatte ich mit ihm, damals, als Kind. Wir fuhren mit dem Pferdewagen nach Gehlenburg zum Markt, und irgendwo zwischen Kosken und Gehlenburg kam uns ein Pferdewagen entgegen - "Onkel Adolf!" sagten meine Cousinen. Wir hielten, er hielt, und ich guckte neugierig in sein Gesicht mit, es schien mir, ebenso lustigen braunen Augen wie die von Tante Julie, und mit einem mächtigen Schnurrbart. Sie sprachen Masurisch, ich hörte "Anna" und sah die auf mich gerichteten Blicke von Tante Julie und von Onkel Adolf, auf dessen Gesicht ein breites Lächeln Platz nahm. Er winkte mich zu sich heran, zu der Wagenseite, die ihm am nächsten war, und er strich mir über den Kopf und sagte "Urselchen." Dann zog er einen Lederbeutel aus seiner Jackentasche, kramte darin herum, förderte etwas zu Tage, ergriff meine Hand und legte zwei Markstücke in sie hinein. Er strich mir noch einmal über den Kopf, grüßte mit der Hand zu allen, und mit "Hüh!" ließ er seine Pferde anziehen. Ich war verdattert und beglückt, und des Wunderns aller über Onkel Adolfs Spendierfreudigkeit war kein Ende.

Ich möchte etwas einfügen, das auch mit Onkel Adolf zusammenhängt, sich viele Jahre später zugetragen hat und mir und meinem Mann unvergesslich geblieben ist. Wir wohnten zu der Zeit in Jersey und waren in die Bundesrepublik gekommen, zu meiner Mutter. Gerade dann erhielt sie die Nachricht, dass Onkel Adolf, hochbetagt, verstorben war. Wir fuhren mit ihr zur Beerdigung. In einem kleinen Städtchen in Westfalen war Onkel Adolfs letzter Wohnsitz gewesen. Im Gasthaus kam die Trauergemeinde nach der Beisetzung zusammen, bei Kaffee und Bienenstich. Es waren die sechziger Jahre, es wurde anders gebacken als heutzutage, oder die Zutaten waren anders beschaffen, denn es war ein Bienenstich, so unvergleichlich köstlich, wie ich ihn nie zuvor gegessen hatte. Und für meinen Mann war es der erste, für ihn wie für mich Maßstab aller folgenden, unter denen mitunter recht gute waren, aber nie wieder ein so wunderbarer wie Onkel Adolfs Bienenstich.

In Kosken Abbau, auf einem einsam gelegenen Gehöft, lebte Tante Amalie, älteste Schwester meiner Mutter; Tante Julie war die zweitälteste. So rund Tante Julie war, so dünn war Tante Amalie, ein kleines, zartes Frauchen, ganz in Schwarz gekleidet, mit großem schwarzen Kopftuch. Das Gesicht, schmal und faltenreich, wurde belebt von freundlichen dunklen Augen. Meine Mutter war die Jüngste von zehn Geschwistern - zwei waren im Kindesalter gestorben - und der Abstand zu Tante Amalie muss viele Jahre betragen haben. Die Eltern, meine Großeltern, starben, als meine Mutter noch ein Kind war, und mir erschien es oder ich wünschte es mir, Tante Amalie wäre meine Großmutter. Zwei Schwestern, Minna und Ottilie, lebten im Ruhrgebiet; ich habe sie nie zu Gesicht bekommen. Eine Schwester, Frieda, lebte in Köln und nannte sich Friedel. Tante Friedel besuchte uns in Königsberg, die familieneigenen braunen Augen blitzten unter einem feschen Hut.

Von meinem Vater dagegen kannten wir keine Verwandten, auch ihm, ich vermute es, waren sie unbekannt, er war unehelich geboren. Er wuchs auf dem Lande auf, in einem Dorf im Kreis Bartenstein, südlich von Königsberg. Als er 14 war, wollte der Lehrer der Dorfschule ihn in der nahen Präparandenanstalt zur Lehrerausbildung anmelden. Das bewog ihn, von zu Hause, bei wem auch immer das war, auszureißen. Er arbeitete bei Bauern in Ostpreußen, in Westpreußen, dann in Pommern, in Mecklenburg und erreichte sein Ziel: Hamburg. Eine Seefahrt als Schiffsjunge war ihm genug. Er arbeitete auf einer Schiffswerft in Hamburg. 1914 wurde er Soldat, verwundet; nach Kriegsende ging er nach Ostpreußen zurück.

Mein letzter Besuch in Kosken war 1944, nun werde ich es, 1988, wiedersehen. Ich denke an Tante Julie. Sie wurde aus der Heimat vertrieben und hatte sie nie wiedergesehen.

"Nach Gehlenburg, bitte." Der heutige Name entspricht dem vor der Umbenennung in den dreißiger Jahren: Biala. Wir sind schon da! Ja, ich erkenne das Städtchen wieder, den Marktplatz, die Kirche. Hinter der Kirche über die Straße war Onkel Adolfs Gehöft, nur das Wohnhaus ist von der Straße aus zu sehen. Und hier muss es zur Mühle gehen. Ach, sie ist nicht mehr in Betrieb! Und das Mehllädchen, ist es zu erkennen, ist es das mit Brettern vernagelte Schaufenster?

Nun nach Kosken. Der Name ist ähnlich geblieben: Kocska, und hier müssen wir aus der Stadt herausfahren, erkläre ich meinem ganz gut Deutsch sprechenden Fahrer. Er ist nicht so sicher wie ich, erkundigt sich bei Passanten - ja, die Richtung stimmt, und nach einer Weile links ab. Wir kommen durch einen winzigen Ort: Kalicska. Kalicska? Kalischken! Gut Kalischken, da ist das Gutshaus, das muß ja das Gut sein, auf dem meine Mutter Wirtschafterin gelernt hat! Warum hatte ich es früher nie wahrgenommen? Ich höre, dass Kalischken auch in den dreißiger Jahren umbenannt worden war und bis 1945 Schönwalde geheißen hatte. Vielleicht hatte meine Mutter das nicht gewusst.

Sie erzählte oft von Kalischken. Von der braunen Jagdhündin Diana, die es immer gab, wenn sie alt geworden war, kam eine junge braune Jagdhündin ins Haus und ihr Name war Diana, und von den Kindern, die eine Hauslehrerin hatten. Einmal am Tag, um 17.30 Uhr, bekamen sie von ihr etwas Süßes zugeteilt - ein Bonbon oder ein kleines Stückchen Schokolade, mehr nicht, betonte meine Mutter - und lange vor der Zeit fingen sie an zu betteln: "Fräulein, bitte halb sechs!" Oft und gern hatten wir Kinder das gehört und hoffnungsvoll übernommen: "Fräulein, bitte halb sechs!"

Viele Sprüche und Redewendungen hörten wir von unseren Eltern. "Fräulein, Fräulein, hier sind die Gänse!" sagte mein Vater mitunter. "Ach du!" erwiderte dann meine Mutter. Es hatte sich auch im Kreis Johannisburg zugetragen: Meine Mutter war Wirtschafterin auf einem Gut und lernte dort in einem Frühling meinen Vater kennen. Er fuhr einen

Dampfpflug, mit dem er von Gütern angeheuert wurde. Am Abend wollte sie sich mit ihm treffen, ihre Herrschaft sollte das nicht wissen. "Ich geh' mal nach den Gänsen sehen," sagte sie und ging hinaus. Sie war noch nicht weit gekommen, da erscholl der laute Ruf des Gutsherrn: "Fräulein, Fräulein, hier sind die Gänse!" Und wenn einer von uns über das Essen mäkelte, hörten wir von meiner Mutter die Worte, mit denen der Gutsherr Bescheidenheit angemahnt hatte: "Fräulein, Fräulein, delikatess woll'n wir nicht leben!"

Nun biegen wir links ab. Die Straße wird schlechter, weit und breit kein Dorf zu sehen. Wann ich das letzte Mal hier gewesen wäre, will mein Fahrer wissen.

"1944, vor 44 Jahren."

"Lange Zeit. Vielleicht Weg vergessen?"

Ich muss lachen, versichere ihm, das Dorf komme bald, es sei nicht mehr weit.

"Hier nichts, nitschewo," meint er.

"Doch, doch," sage ich, "wir müssen nur noch an dem Wäldchen da vorn vorbeifahren, dann noch eine Biegung und dann werden wir auch schon das Schulhaus sehen."

Er schüttelt zweifelnd den Kopf. Ein Einzelgehöft taucht auf, er hält.

"Warum?"

Er wolle fragen gehen. Bald kommt er zurück, lächelt.

"Nun?"

"Nach Wäldchen kommt Biegung, dann kommt Schulhaus."

Immer noch sieht es recht gut aus, das Schulhaus, nur ist es keine Schule mehr. Und das übernächste Haus ist Tante Julies masurisches Bauernhaus. Unter Denkmalschutz stand es, damals, keine Genehmigung hatte es gegeben für geplante Erweiterung. Es ist, bis auf den Steinsockel, aus Holz gebaut, aber das frühere warme Dunkelbraun ist ein fahles Grau, das

Holz ist verwittert. Fenster und Türen waren farblich abgesetzt, das ist an ihrem anderen Grauton zu erkennen. Wie vertraut ist mir die schlichte, gemütliche Form des Hauses! Verwildert und undurchdringlich ist der Garten davor, Buschwerk wächst durch Lücken im Lattenzaun. Ich gehe den Weg, der an der Seite, am Giebel entlang zum Hof führt - da ist der Hof, das riesige Rechteck, eingerahmt von Stallungen an den Längsseiten, vom Haus und, weit weg, von der Scheune. Ein Bauernhof? Nein, eine Burg, hatte ich als Kind gedacht und in einer Nacht mit mächtig donnerndem Gewitter bestätigt gefunden: Grelle Blitze erhellten den Hof, holten die Wehranlagen links und rechts immer wieder aus dem Dunkel und bedrohten die Hauptburg am fernen Ende des Hofes. In jener Nacht durfte Dina, die Hofhündin, im Haus sein. Wie stürmisch sie mich bei jeder Ankunft begrüßt hatte! Niemand hatte Zeit, mit ihr herumzutollen, aber ich... Der Hof ist mit Gras überwachsen, das war er damals nicht. Der Ententeich ist verschwunden, aber den Ziehbrunnen gibt es noch - literweise hatten wir das köstliche Wasser getrunken, wenn wir verschwitzt vom Feld kamen oder aus der Scheune. Eine stattliche Scheune, wiedererbaut nach dem 1. Weltkrieg. Die Ställe scheinen leer zu sein, kein Laut dringt heraus. Kein Tier zu hören, kein Mensch zu sehen. Ein heißer Sommertag, doch Tür und Fenster des Hauses sind zu.

Über die Straße ist der Obstgarten, ich kann den Buckel des Kellers erkennen. Der Birnbaum, Kruschkebaum hieß er, und die Apfelbäume, die geliebten Hasenköpfe und Kurzstielchen, sind riesig geworden. Die Straße mit dem holprigen Pflaster hat eine stärkere Wölbung als früher. An den Obstgarten schließt sich ein kleinerer Garten an, rund um das Haus von Tante Julies Tochter Martha. Ein Mann und eine Frau sind aus dem Haus getreten. Ich bitte meinen Fahrer, sie zu fragen, was sie über den Bauernhof wüssten, auf dem ich oft Ferien verbracht hätte. Ihre Begrüßung überrascht mich: Sie schütteln mir die Hand mit warm klingenden Worten. Der Fahrer übersetzt: Sie freuen sich - ich bin der erste Mensch aus dem früheren Leben des Dorfes, der nach Kocska gekommen ist. Beide geben freundlich

Auskunft. Ein junges Paar, zur Zeit nicht anwesend, hat den Hof kürzlich gekauft. Die Gebäude haben lange leer gestanden. Es ist der vierte Besitzerwechsel während ihrer fünfzehn Jahre im Dorf. Das Land ist aufgeteilt, nur wenig gehört den neuen Besitzern. Mehr würden sie auch nicht haben wollen, meint der Mann. Es interessiert ihn und seine Frau, wer einst in ihrem Haus und wer auf dem Bauernhof gelebt hat - ich gebe Auskunft.

Wir fahren zum Friedhof, er liegt weit außerhalb des Dorfes. Ich brauche meinen Fahrer nicht zu bitten, langsam durch das Dorf zu fahren, nur das lässt die gewölbte Dorfstraße zu. Ich schaue nach links und nach rechts - sie stehen alle, die alten Bauernhöfe. Namen fallen mir ein, Gesichter sehe ich... Der Friedhof ist völlig überwuchert. Die Ruhestätte meiner Großeltern. Meine Mutter hatte in Treuburg Grabeinfassungen und einen Grabstein machen lassen und mein Vater hatte sie nach Kosken transportiert - Dickicht verbirgt sie und alle Gräber.

Nach den Tagen in Masuren besucht meine Reisegruppe auf der Heimfahrt die Marienburg. Wir haben eine Führung, und ich erinnere mich an eine andere Führung, 1944, mit anderen Schwerpunkten. Die letzte Besichtigung gilt Danzig, ein Gang durch die seit langem wiederaufgebaute schöne Altstadt. "Älteste gotische polnische Stadt," sagt der Stadtführer.

Kosken lag hinter mir, und Angerburg, und Treuburg, auf Treuburg folgte damals Königsberg.

April 1939. Mein großer Bruder hatte den Arbeitsdienst abgeleistet und wurde zur Wehrmacht eingezogen. Wir bezogen unsere neue Wohnung in Königsberg. Eine Überraschung für mich: Ich hatte mein eigenes kleines Zimmer. Und welche Möbel durfte ich haben? Die schwarzen, die in Treuburg beim Staubwischen so oft verwünschten: Schreibtisch und Stuhl, Vertiko und Sofa. Für den Tisch war kein Platz. Das lange Sofa war mein Bett, mein Vater zimmerte einen Bettkasten. Da waren es meine Möbel, und ich liebte sie. Ich liebte besonders den Schreibtisch, der einen Aufsatz hatte mit vielen kleinen Schubladen und winzigen Fächern, sogar mit einem Geheimfach; leider war der Mechanismus in der Familie bekannt.

Meine Mutter wollte Bilder aufhängen und hatte nicht genügend Nägel von der richtigen Sorte. Sie wusste, ein Eisenwarenladen war in der Nähe, leicht zu finden, immer geradeaus. Sie gab mir einen Nagel als Muster und schickte mich, mehr davon zu kaufen. Ich ging auf der richtigen Straßenseite, der Straßenseite des Ladens. Straßenbahnschienen mündeten in meine Straße ein. Ich hörte und sah eine Straßenbahn kommen - sie hielt genau neben mir! Ich war noch nie mit einer Straßenbahn gefahren! Konnte ich widerstehen? Nein. Ich stieg ein, hielt dem Schaffner Geld hin, und mit meinem Fahrschein in der Hand saß ich am Fenster und guckte und staunte. Die vielen Menschen, Autos, entgegenkommenden Straßenbahnen, die großen Häuser, dicht an dicht! Einmal stand meine Straßenbahn länger als sonst an einer Haltestelle, ich guckte nach vorne - die Straße mit den Schienen ragte steil hoch in die Luft! Ich sah seitlich einen Mast vorübergleiten, ich reckte den Hals und da sah ich den Fluss, den Pregel, und das Schiff, zu dem der Mast gehörte. Vor einer Brücke standen wir, sie hatte ihre Arme gehoben, um das Schiff durchzulassen. Ich sah die Brückenarme heruntergehen, lautes Klenk-Klenk, die Brücke war wieder zu, meine Straßenbahn holperte hinüber. Türme konnte ich sehen über den Häusern am Pregel, dann wieder Häuserreihen links und rechts. Noch eine Brücke, sie blieb zu, und zu beiden Seiten Schiffe auf dem Fluss, große und kleine mit Masten und lange flache Kähne. Und Häuserreihen, und dann ragten hoch über allem gewaltige Mauern auf und ein hoher Turm, ich konnte kaum seine Spitze sehen. Um Kurven fuhr meine Straßenbahn mit lautem Quietschen und ein Stück bergauf, an vielen Schaufenstern vorbei, über einen großen Platz und durch breite Straßen mit Häusern in Gärten. Wir wohnten am Stadtrand, die Fahrt ging ganz durch die Stadt bis ans entgegengesetzte Ende, Endstation. Die Straßenbahn drehte eine Schleife, ich stieg wieder ein und mit neuem Fahrschein in der Hand guckte ich zur anderen Seite hinaus. Ich kaufte die Nägel und hatte ein schlechtes Gewissen und meine Mutter war so froh, dass ich wieder da war, dass sie zu schimpfen vergaß.

Die Frage, welche Schule ich besuchen sollte, war nach ein paar Tagen der Osterferien beantwortet. Im Nachbarhaus wohnte ein gleichaltriges Mädchen, wir freundeten uns an, und natürlich wollte ich in ihre Schule gehen. Das war die Kneiphöfsche Mädchen-Mittelschule am Dom.

"In Treuburg warst du in der Höheren Schule."

"Das macht doch nichts. Jetzt möchte ich gern in die Mittelschule gehen, bitte."

Ich zählte auf, von meiner Freundin beraten, was ich alles tun könnte nach dem Abschluss der Mittelschule; meine Eltern gaben ihre Zustimmung.

Ich lebte mich schnell ein in meiner neuen Schule, und mit ihrer Umgebung war ich bald vertraut. Es war der Kneiphof, die Dominsel. Der Pregel teilte sich und umschloss die Insel mit seinen Armen, die sich dann wieder vereinigten. Viele Straßen und Gassen, eng bebaut, das schöne Kneiphöfsche Rathaus, prächtige Kaufmannshäuser, und es öffnete sich ein Platz - da war der Dom. Mächtige Pfeiler an seinem Fuß, die hohe Eingangstür, darüber in der Höhe viele Fenster, schmal und lang, und steingraue Muster im Ziegelrot und die beiden Türme. Einer war niedrig, er endete mit einem Giebel, der höhere Turm trug die Uhr und eine spitze Haube. Ich sah am Dom hoch und fand ihn wunderschön. Still war es unter dem Blätterdach der

Bäume an der Alten Universität gleich hinter dem Dom. Und hinter der Alten Universität glitzerte der Pregel.

Die ersten Sommerferien in Königsberg. Wir hatten es nicht weit bis zur Badeanstalt am Friedländer Tor, und Verstecken spielen konnten wir gleich hinter dem Haus, da hatte der Vater meiner Freundin, ein Bauunternehmer, seinen großen Materialhof. Er erlaubte es, dass wir uns am Hofrand eine Bude bauten, er half uns sogar dabei, damit die Bretterwände nicht zusammenfielen. Und mein Vater schlug auch manchen Nagel ein.

Zwei Ausflugsfahrten mit dem Omnibus machte ich mit, auf meinem Stammplatz links von meinem Vater: ins Oberland, wo Schiffe über Land gezogen wurden, und zur mächtigen Marienburg. Mit der Samlandbahn machten wir unsere ersten Tagesausflüge an die See. Ich begann, die See zu lieben.

An manch einem Sonnabendmorgen begleitete ich meine Mutter zum Altstädtischen Markt. Es waren Tage, an denen die Sonne vom blauen Himmel strahlte. Am Altstädtischen Rathaus funkelten die Zeiger der Uhr im Sonnenlicht. Blendende Helle kam über das Dächergewirr herab auf den Markt und alle Farben leuchteten. Golden die Kürbisberge, grüngelb die Berge von dickbauchigen Gurken, flammend die Möhren, tiefgrün die aufgeschichtete Petersilie. Behäbig thronten die Gemüsefrauen und priesen an mit lauten, halb gesungenen Worten, die im Nu zu schneller Rede werden konnten. Bei der Blumenfrau standen Eimer um Eimer mit blauen Kornblumen, würzig duftenden Nelken und buntem Gemisch von Sommerblumen. Am Butterstand schabte die Marktfrau einen unförmigen Kloß Butter aus dem Fass, packte ihn zwischen zwei Brettchen, bewegte die Brettchen flink, klitsch-klatsch, klitsch-klatsch, und formte ein ebenmäßiges Butterziegelchen.

Vom Altstädtischen Markt gingen wir zum Fischmarkt. Eine enge Straße hinunter, im Schatten der Häuser, dann unter den steinernen Torbogen durch und wir waren geblendet - der Pregel empfing uns mit unzähligen gleißenden Lichtern, die Sonnenstrahlen tanzten auf dem Wasser. Fischkähne hatten festgemacht, vor ihnen auf dem Kai standen Reihen von Holzgestellen mit breiten Planken. Silbrige Stinte waren aufgehäuft, Aale wanden sich wie Schlangen, Fische, silberglänzend, goldglänzend, große, dicke, schlanke, breite, platte, zappelten oder sprangen, doch viele lagen still, ermattet. Einige, wenige, hatten es besser, schwammen in Holzbottichen umher, wie lange noch? Viel stimmgewaltiger als die Gemüsefrauen waren die Fischfrauen.

"Hol' Stint', hol' Stint', solang' noch welche sind!"

Und noch viel zungenfertiger waren sie! War das ein Anpreisen, lautstarkes Beteuern! Wenn meine Mutter stehen blieb, Fische betrachtete, etwas fragte, mit der Antwort nicht zufrieden schien und immer noch nicht kaufte, dann prasselte empörte Rede auf sie herab wie ein Wasserfall. Wenn sie ihre Wahl getroffen hatte, kehrte sogleich breites Lächeln in das Gesicht der Fischfrau zurück, selbst in die Gesichter der benachbarten Fischfrauen, und freundliche Worte wurden an mich gerichtet, das Marjellchen. Ich mochte die hallenden Rufe der Fischfrauen und ich bewunderte ihren Wortreichtum, der über zögerliche Kunden, meist Kundinnen, kam. Und wenn ich vom Fischmarkt aufblickte - über allem, hoch oben, stach der Schlossturm in den blauen Himmel.

1.September 1939. Gewöhnlich, wenn ich morgens aufstand, war mein Vater schon weg, an dem Morgen nicht. Ich sah ihn am Radio sitzen, er war so bleich, wie ich ihn nie zuvor gesehen hatte. Ich erschrak. Ich ging zu meiner Mutter in die Küche. Sie weinte.

"Mama, was ist?"

"Es ist Krieg," sagte sie.

Schreckliche Worte. Das war ganz anders als von Kriegen im Geschichtsunterricht zu hören oder wenn Kriege auswendig zu lernende Jahreszahlen waren. Meine Mutter hatte uns vom Krieg erzählt, von 1914, als die Russen in Masuren waren, aber das lag lange zurück. Das war alles ganz anders. Nichts war wie die Worte "Es ist Krieg".

Mein Bruder war an dem Morgen nicht zu Hause, er war im Krankenhaus. Am Tag davor hatte er sich beim Sport das Bein gebrochen. Wir besuchten ihn am Nachmittag des 1. September. Er war wütend und schimpfte, dass er an einem Tag wie dem im Krankenhaus sein musste, kein Radio im Krankenzimmer! Beim nächsten Besuch sollten wir wenigstens die Zeitung mitbringen. Er musste ziemlich lange im Krankenhaus bleiben, sein Bein heilte nur langsam zusammen, es musste mehrmals gerichtet werden. Meine Mutter meinte, das läge nur daran, dass der erste Chirurg des Krankenhauses wenige Tage zuvor Militärarzt geworden war.

Von meinem großen Bruder bekamen wir einen Feldpostbrief, aus Polen.

Mein Vater wurde mit seinem Omnibus eingezogen. Anfang 1940 wurde er entlassen.

"Ich bin zu alt, so ein Pech," sagte er.

Den Omnibus hatte man ihm nicht wieder mitgegeben.

"Ham'n Sie schon ein Hitlerbild,
ham'n Sie schon ein Hitlerbild,
nein, nein, wir ham'n keins,
wir ham'n von Stalin eins."

Das sang ich vor mich hin, als ich im Wohnzimmer staubwischte. Meine Mutter kam hereingestürzt:

"Wo hast du das gelernt?"

"Vom Papa."

"Vom Papa?"

"Ja, das hat er gesungen."

"Wann? Wo?"

"Als ich mit ihm mitfuhr, damals, nach Preußisch Eylau."

"Das darfst du nie wieder singen, hörst du, nie, nie wieder!"

"Na gut."

47

Mein Vater hatte wohl auch einen Dämpfer bekommen, ihn hörte ich das auch nie wieder singen.

Wenn Freunde meiner Eltern am Sonntagnachmittag zu Besuch kamen, wurde ich nach allerlei Fragen aus dem Wohnzimmer verbannt. Einmal, als der Besuch gegangen war, hörte ich meine Mutter sagen:

"Ich hoffe, du erzählst die Witze nicht auch woanders, das kann gefährlich sein."

"Warum gefährlich?" fragte ich, erstaunt.

Mein Vater lehnte sich zurück und sah mich an.

"Hast du deine Schularbeiten fertig?"

"Etwas muss ich noch machen."

"Na dann..."

Ich hörte meinen Vater die Worte "dieser Gefreite" und "dieser Anstreicher" sagen. Als mir klar war, wen er meinte, wollte ich ihn nach dem Grund fragen, aber zuerst fragte ich meinen Bruder.

"Warum sagt der Papa immer 'dieser Gefreite' oder 'dieser Anstreicher', wenn er den Führer meint?"

"Nicht wichtig."

"Das ist keine Antwort!"

"Na ja, der Papa ist nicht so begeistert vom Führer."

"Du meinst, er kann ihn nicht leiden?"

"Kann sein."

Ich fragte nicht weiter. Mir war eingefallen, dass ich meine Worte ähnlich einmal gehört hatte: Ich kann ihn nicht leiden. Tante Julie hatte das gesagt, es hatte nur anders geklungen. Mit ihrem Schwiegersohn, der konnte kein Masurisch, hatte sie sich über alles Mögliche unterhalten, auch über den Führer.

Gegen Ende des Schuljahres riet mein Klassenlehrer meinen Eltern, mich in eine andere Schule, eine "Höhere", zu schicken. Vielleicht war die Freundschaft mit dem Mädchen aus dem Nachbarhaus nicht mehr so fest wie am Anfang, vielleicht war ich neugierig auf eine andere Umgebung, jedenfalls hatte ich nichts gegen einen erneuten Schulwechsel. Meine Eltern nahmen den Rat des Klassenlehrers an. Das Schuljahr endete, eine neue Schule, aber welche? Der Klassenlehrer hatte meinen Eltern keine genannt, wahrscheinlich hatte er gedacht, die in Frage kommenden Schulen wären ihnen bekannt. Aber das waren sie nicht. Ich war manchmal an einem Gebäude vorbeigekommen, an dem ich das Schild "Höhere Töchterschule" gelesen hatte, das könnte doch meine neue Schule sein. Meine Mutter meldete mich an.

Komisch, dachte ich nach ein paar Tagen, schwerer sollte alles sein, mir erschien es leichter. Und für Hausaufgaben brauchte ich viel weniger Zeit als vorher, wie schön! In der zweiten Woche kam eine Benachrichtigung an meine Eltern - ich wäre wohl an der falschen Schule. Es war eine Schule für etwas langsam lernende Mädchen. Ich wurde abgemeldet. Die Direktorin nannte meiner Mutter den Namen einer Schule: Königin Luise-Schule. Neue Anmeldung, eine Prüfung, und die Königin Luise-Schule nahm mich auf in die Quarta, die 3. Klasse.

Die Deutschlehrerin ging mit uns zu den Speichern am Pregel. Sie ließ uns Inschriften entziffern, die steinernen Tierabbildungen deuten: auf jedem Speicher ein anderes Tier, das dem Speicher seinen Namen gab. Auf die Fachwerkmuster machte sie uns aufmerksam, das Treiben vor und auf den Rampen sollten wir beobachten. Es folgte ein Klassenaufsatz über die Speicher. Die Klasse hatte die Kommaregeln schon gehabt, in der Schule am Dom waren sie noch nicht dran gewesen. Es wimmelte vor Kommafehlern in meinem Aufsatz. Darunter stand: "Der Aufsatz ist gut, die Zeichensetzung wirst du lernen."

Mein Schulweg führte über die Dominsel hinaus. Morgens fuhr ich mit der Straßenbahn bis zur nächstliegenden Haltestelle, mittags oft von einer entfernteren, zu der ich verschiedene Wege gehen konnte, mit Vorliebe über den Schlosshof. Still war es auf dem großen, von den mächtigen Schlossbauten und der Schlosskirche umrahmten Hof. Der Straßenlärm blieb draußen.

Von meinem großen Bruder kam Post aus Frankreich.

Für meine Klasse begann der Rudersport. Die Bootshäuser der Schulen lagen nahe beieinander am Pregel. Zuerst übten wir in der Arche Noah, einem langen und sehr breiten Boot mit richtigen Rudersitzen. Dann kamen die Vierer dran. Über die Strömung im Pregel wurden wir belehrt, über Gebote und Verbote: wichtig für unsere länger werdenden Ruderstrecken. Doch einmal hatten wir anscheinend alles vergessen, zu fünft, Vierer mit Steuermann, ruderten wir weit den Pregel hinunter. Zu weit - die Rücktour kostete viel mehr Anstrengung und Kraft und dauerte viel länger als die Hintour. Als wir erschöpft am Bootshaus ankamen, war es dunkel. Der Hausmeister hatte auf uns gewartet, er musste das Bootshaus abschließen. Er war wütend. Da hätten wir uns am Ufer wohl mit wer weiß wem getroffen und 'rumgeknutscht und kein Ende finden können! Stumm stiegen wir auf die Fahrräder und fuhren nach Hause - dort erwartete uns ja auch ein Donnerwetter. Und von der Sportlehrerin dann auch noch. Aber wir durften wieder rudern, und wir bewunderten die älteren Schülerinnen in Zweiern und besonders in Einern, den Skiffs. Wenn wir nur erst so weit wären! Dann könnten wir auch die Ruderfahrten unternehmen, von denen die Großen schwärmten: auf dem Kurischen Haff, auf Flüssen und Seen in Masuren...

Die Badeanstalt, in der wir in manchen Sportstunden Schwimmen hatten, besaß einen Zehn-Meter-Turm. Wir stiegen zum Runterspringen nicht so hoch hinauf - bis auf eine. Voller Bewunderung und mit Gänsehaut sahen wir sie von ganz oben herunterspringen. Zu winterlichem Badevergnügen trafen wir uns im Hallenbad Palästra, wenn nicht wahres Winterwetter eher zum Schlittschuhlaufen auf dem Schlossteich einlud.

Als Jungmädel nahm ich an Sportwettkämpfen teil, wie ich sie von Treuburg kannte, und auch an Schwimmwettkämpfen, die ich sehr gern mitmachte. Wir wurden unterrichtet, oder geschult, über den 9. November 1923: München, Marsch zur Feldherrnhalle, den 30. Januar 1933: Tag der Machtergreifung, den Lebenslauf des Führers und die Gliederung der Hitlerjugend. Ich hatte eine Jungmädelschaft, etwa 15 Mädchen, Jungmädel. Ich musste sie dazu anhalten, zum Dienst zu erscheinen, mit ihnen singen, Sportübungen durchführen, ihnen vorlesen. Vorlesen war am besten, ich suchte immer etwas aus, bei dem wir uns kringlig lachten.

Ich hatte eine Jungmädelschaft, aber ich war eigentlich keine Schaftführerin, nicht bestätigt, das heißt: Mir wurde nie die entsprechende Schnur verliehen. Rot-weiß war die Schnur für bestätigte Schaftführerinnen, aber ich hatte keine, war keine. Vielleicht mochten die vorgesetzten Führerinnen mich nicht. Als ich wieder einmal bei einer Schnurverleihung übergangen worden war, machte ich beim Abendbrot meinem Unmut Luft.

"Soso," sagte mein Vater, "sie haben dich nicht befördert."

"Nicht bestätigt," berichtigte ich ihn.

"Na schön, nicht bestätigt. Dann gib doch deine Mädelschaft, oder wie das heißt, ab. Ist doch nicht nötig, dass du da was bist oder tust."

Ich wollte zu einer empörten Erwiderung ansetzen, aber ein Tritt gegen mein Schienbein, von meinem Bruder wohlgezielt unter dem Tisch ausgeführt, ließ mich darauf verzichten.

"Mach' dir nichts draus," sagte meine Mutter und mein Vater echote:

"Ja, mach' dir nichts draus."

"Warum sollte ich nichts sagen?" fragte ich meinen Bruder, als ich mit ihm allein war.

"Der Papa hat seine eigenen Ansichten."

"Na und?"

"Na und, na und! Lass' ihn doch! Ist doch n-"

"Nicht wichtig," unterbrach ich ihn.

Wir lachten.

Ich gewöhnte mich daran, schnurlos und unbestätigt zu sein, es machte mir nichts aus - dachte ich.

Am 22. Juni 1941 begann der Krieg gegen die Sowjetunion. Am Morgen desselben Tages bombardierten sowjetische Flugzeuge Königsberg. Mehrere Wohnhäuser wurden zerstört, Menschen darin kamen ums Leben. Unter ihnen unsere Klassenlehrerin, geliebte Deutschlehrerin. Wir konnten es nicht fassen. Unsere Musiklehrerin sprach mit uns, redete uns gut zu: Wir, die Klasse der Umgekommenen, sollten bei der Trauerfeier im Krematorium singen. "Wenn ich einmal soll scheiden." Die Proben verliefen zu ihrer Zufriedenheit. Wir sollten in Uniform erscheinen. In Uniform! Viele in meiner Klasse hatten schon ranghöhere, andersfarbige Schnüre als die unterste, die rotweiße. Hatte ich den Mut, ohne Schnur...? Ich hatte ihn nicht.

Es gab einen kleinen, voll gestopften Uniformladen in unserer Nähe. Der Ladenbesitzer kannte mich. Mein Rock, meine Bluse, mein Halstuch, mein Knoten, durch den das Halstuch gezogen wurde, meine Kletterweste, meine Abzeichen - alles kam von ihm. Wenn man eine Schnur kaufte, musste man eigentlich die entsprechende Urkunde vorlegen. Aber er kannte mich, und ein deutsches Mädel lügt ja nicht.

"Eine rot-weiße Schnur, bitte."

"Ah, befördert," sagte er, "gratuliere."

Ich lächelte verlegen und verließ den Laden mit der Schnur.

Der Tag war gekommen. In der Straßenbahn zog ich die Schnur durch den Knoten, aber so, dass sie nicht, wir üblich, vorne über den Knoten lief, sondern dahinter war. Das Ende kam in die Brusttasche der Bluse.

Unser Singen war ein Fiasko. Den blumengeschmückten Sarg vor Augen zu haben, war zu viel für uns. Wir weinten und schluchzten und konnten vor Schluchzen nicht singen.

Auf dem Heimweg nahm ich die Schnur vom Knoten ab und stopfte sie ganz in die Brusttasche. Zu Hause wickelte ich sie in Zeitungspapier und warf sie in den Mülleimer. Keinem erzählte ich je davon, auch nicht meinem Bruder.

Von meinem großen Bruder kam Post aus Russland.

Als ich einmal in der Straßenbahn auf einem der hinteren Plätze saß und alle Plätze besetzt waren, stieg eine alte Dame zu, an ihrem Mantel ein Judenstern. Ich stand auf und bot ihr meinen Platz an. Sie sagte "Danke," und setzte sich. Sie sah mich lächelnd an, ich lächelte zurück. Von vorne kam der Schaffner durch den Wagen, fasste mich am Ärmel und zog mich hinunter auf die leere Plattform. Er beugte sich zu mir herunter und flüsterte mir ins Ohr: "Gut gemacht." Dann ging er wieder nach vorne. Ich guckte ihm erstaunt nach. Es war für uns Junge doch selbstverständlich, dass wir älteren Menschen unseren Sitzplatz anboten.

Unsere Geographiekenntnisse wuchsen wieder mit dem auf der Landkarte abzusteckenden Vormarsch unserer Truppen.

Im schneereichen und kalten Winter 1941/42 war der Bürgersteig in unserer Straße eine schmale knirschende Gasse zwischen hohen Schneemauern. Ich erschien in Skihosen in der Schule. Sofort wurde ich ins Gebet genommen: an unserer Schule trügen die Schülerinnen Röcke und nur Röcke. Das im Gegensatz zu Hosen, ein Kleid durfte es natürlich auch sein.

Wir wurden zu Spenden von Wintersachen für die Soldaten aufgerufen, warme Pullover, Strickjacken, Schals, Handschuhe und Socken, und auch Skier. Meine hatten die richtige Länge, die von meinem Bruder auch. Wir könnten uns abwechseln, meinte er. Der zweite Winter mit meinen Skiern. Kaum Hügel, aber Rodelbahnen, ein Stück hinunter abseits der vereisten Rodelspur, und ein längeres Stück, und Skiwandern war immer möglich. Zum Haff waren wir gefahren, Schnee auf dem Eis,

Skier angeschnallt, der Wind trieb uns, schneller, wenn wir die Jacken aufmachten und mit ausgebreiteten Armen festhielten. Ich brachte meine Skier zur Sammelstelle.

Wie an anderen Schulen wurden für die jüngeren Jahrgänge, wir gehörten gerade noch dazu, Körbe mit Rohkost in die Klassenzimmer gestellt als Vitaminzufuhr: Möhren, Kohlrabi und Steckrüben.

Der Konfirmandenunterricht hatte begonnen. Im Dom würde ich konfirmiert werden, nicht in der Kirche unserer Gemeinde, die ich längst nicht so gut kannte wie den Dom. Als es um die Anmeldung ging, gab es für mich nur den Dom. Meine Eltern waren schließlich einverstanden.

"Das sollte nicht vom Gebäude abhängig sein," hatte der Pfarrer gesagt.

Bald stellten wir, die Mädchen, fest, dass wir für unseren Pfarrer schwärmten. "So ein interessanter Charakterkopf," sagten wir bewundernd. Wir folgten dem Unterricht mit nie nachlassender Aufmerksamkeit.

Tante Friedel aus Köln kam zu Besuch mit Onkel Peter, einem Kölner. Ich mochte Onkel Peters Kölnischen Tonfall und ich ließ, bewusst oder unbewusst, manches davon in mein Sprechen einfließen - bis eine Führerin spitz bemerkte, ich schämte mich wohl, aus Ostpreußen zu sein. Als bei einer Familie im Nachbarhaus ein Mädchen aus Köln zu Gast war, Änne Eul, staunte ich über ihren Namen und sie über meine Fähigkeit, mit entsprechend gerollter Zunge "Köln" zu sagen wie ein Kölner.

1942, im April, wurde ich von den Jungmädeln in den BDM, Bund deutscher Mädel, überstellt. Mitgliedschaft im BDM begann mit 14, und ich würde im Mai 14 sein. Jungmädelführerinnen, bestätigte, blieben das gewöhnlich bis 18, die ranghöheren auch noch länger. "Degradiert," sagte mein Bruder. Aber er war auch kein hohes Tier geworden. Dienst war dann abends, so genannte Heimabende. An sehr wenigen, zwei oder drei, nahm ich teil. Niemand hielt mich zu weiterer Teilnahme an.

Mit dem Fahrrad war ich einmal an einem Lager mit russischen Kriegsgefangenen vorbeigefahren. Vor den Gebäuden war ein riesiges Feld, auf dem sie hinter einem hohen Drahtzaun dicht gedrängt lagen oder saßen. Einige am Zaun hoben den Kopf, als ich vorbeifuhr. Ich fuhr schneller. Das Bild kam mit mir. In der Stadt waren russische Kriegsgefangene bei verschiedenen Arbeiten eingesetzt. In einer Gärtnerei sah ich sie, bei unserem Kohlenhändler und bei der Müllabfuhr.

"Die aus dem Lager rauskommen, haben eine Chance," sagte mein Vater.

Wenn ich von Königsberg nach Kosken fuhr, lud ich mein Fahrrad in den Zug und niemand brauchte mich in Gehlenburg abzuholen. Als in Kosken eine Freundin meiner Cousine sagte, sie hätten zwei Pferde, die wenig arbeiten müssten, wir könnten zusammen reiten, war ich sofort einverstanden. Aber, sagte ich, ich hätte noch nie mit Sattel geritten. Da lachte sie, sie ritte immer ohne Sattel. Es waren hübsche Pferde, nicht sehr groß, und unglaubliche Renner. Der erste gemeinsame Ritt, kreuz und quer durch den Wald, sie, vorneweg, ritt wie der Teufel, mein Pferd folgte ihrem blindlings, wie mir schien, ich hatte alle Hände voll zu tun, bei den abrupten Richtungswechseln oben zu bleiben. Meine Balance verbesserte sich, auch beim Wettkampf mit Jungen im Dorf: eine Kanne mit Wasser in einer Hand und eine Strecke galoppieren ohne Wasser zu verschütten.

Von Tante Julies Pferden hatte eine Stute, Lotte, es mir besonders angetan. Sie war schön: goldbraun, und Mähne, Schweif und Beine tiefschwarz. Jung war sie, wie ich, und einmal ging sie mit mir durch, ich hatte beide Hände fest in ihrer Mähne, und sie nahm ihren Weg mit Karacho quer durch Kornfelder und über Straßenpflaster bis zum Hof. Zeit für ein ernstes Wort. Aber dabei hörte ich auch, dass Lotte noch einen anderen Namen hatte und zu Tante Julies preisgekrönter Stutenfamilie gehörte und dass Tante Julie als junges Mädchen genauso gewesen wäre wie ich - lieber im Stall als im Haus und lieber auf einem Pferd als im Stall

Sommerferien - Erntezeit. Aus dem Alter, in dem ich das Gespann vom Pferderücken aus von Hocke zu Hocke weiterfuhr, war ich endgültig herausgewachsen. An einem Erntetag band ich Garben hinter einem polnischen Landarbeiter. Er mähte mit der Sense den Rand des Getreidefeldes, das danach mit dem von Pferden gezogenen Selbstbinder gemäht werden würde. Ich war wohl zu nahe an ihn herangekommen, er schwang die Sense - das Ende des Stiels traf mich unter dem linken Auge. Ich war erschrocken, der Pole noch mehr. Er war kreidebleich und zitterte. Tante Julie beruhigte ihn und machte mir kalte Umschläge. Mein geschlossenes Auge nahm eine prachtvolle grünviolette Färbung an. Aus Gehlenburg wurde eine schwarze Augenklappe herangeschafft, da fand ich mich richtig verwegen aussehend. Zu meinem Leidwesen klangen Schwellung und Färbung ab, bevor ich nach Königsberg zurückfuhr; es war nichts mit einem rasanten Auftritt in der Schule.

Wenn mein großer Bruder auf Fronturlaub gekommen war, bettelte ich, er möchte mich doch einmal von der Schule abholen. Wie schön es wäre, mit ihm gesehen zu werden! Aber den Gefallen tat er mir nie. Er kannte weder den Dom noch das Schloss von innen, und zu meiner Freude konnte ich ihn dazu überreden, beide mit mir zu besuchen. Nach der Schlossbesichtigung mieteten wir auf dem Schlossteich ein Ruderboot. Er ruderte, und ich, lässig hingestreckt, ließ eine Hand durch das Wasser trudeln und genoss das ruhige Dahingleiten - unter den Schattendächern der Bäume am Ufer entlang, quer hinüber zur anderen Seite, wieder zur Mitte, unter der Brücke durch. Ich genoss es auch, dass Mädchen in Ruderbooten zu uns herübersahen - ich, so jung, und ein gut aussehender Soldat! Aber sie vermuteten wohl, dass ich seine Schwester wäre, denn sie kreisten um uns herum, warfen meinem großen Bruder Blicke zu und kicherten.

Am folgenden Tag wurde ich in der Schule von einer Lehrerin beiseite genommen. Ich hätte mit einem Soldaten auf dem Schlossteich gerudert - da musste sie doch gerade dann über die Brücke gegangen sein! Erstens wäre ich viel zu jung für derlei

Vergnügungen, und zweitens, und vor allem, schickte es sich für eine Schülerin unserer Schule überhaupt nicht, mit einem männlichen Begleiter auf dem Schlossteich zu rudern. Dass der mein Bruder war, sagte ich nicht - es gefiel mir, dass sie annahm, ich hätte einen männlichen Begleiter.

Meine Schule mitsamt Lehrern mochte ich viel zu sehr, als dass sie mir durch solche gelegentlichen Rügen hätte verleidet werden können. Der Deutschunterricht war immer anregend und steigerte noch die Leselust. Im Kunstunterricht zogen wir in einem Sommer an manchem schönen Tag mit Zeichensachen und Klappstuhl zum Schlosshof, eine Fülle von Motiven gab es ringsum, und eine Eisdiele lag am Weg. Geschichte hatten wir in höherem Schuljahr bei unserem Direktor, Leiter der Schule seit 1932. Er war in der Stadt hoch angesehen und wurde in der Schule verehrt. Ihm war es zu verdanken, dass eine meiner Mitschülerinnen, eine Halbjüdin, an unserer Schule war und blieb. Sie war ein reizendes Mädchen - das fand auch mein Bruder, als ich sie nach Hause mitbrachte.

Wenn ich mit dem Fahrrad zur Schule fuhr, nutzte ich die Wegabkürzung durch eine schmale Straße, die steil anstieg. Auf halber Höhe musste ich absteigen und schieben. Straßenbahnschienen verliefen dicht am Bürgersteig, und wenn eine Straßenbahn hochgeächzt kam, musste ich mit meinem Rad auf den Bürgersteig ausweichen. Jedes Mal kam ich dann an einem kleinen Schaufenster vorbei, dessen angestaubte Auslage sich nie veränderte: Krüge, Schüsseln, Tassen, Teller, und in der Mitte war ein großer Teller aufrecht gestellt, Sprünge durchliefen ihn wie Spinnenfäden ihr Netz. Und jedes Mal las ich, was in schöner alter Schrift auf ihm geschrieben stand:

Eener alleene
is nich scheene
eene alleene
is ooch nich scheene
abber eener un eene
un denn alleene
dat is scheene

Mein Vater fuhr seinen letzten ihm gebliebenen Lastwagen. "Ich habe noch einen Fuhrunternehmer," hörte ich das hagere Fräulein, das kam, die Buchführung zu machen, zu meiner Mutter sagen, "dem haben sie mehr Fahrzeuge gelassen, der ist in der Partei."

Ein junger französischer Kriegsgefangener war sein Beifahrer, mit dem mein Vater manchmal zu Hause eine Pause einlegte. Nachdem er seine Scheu abgelegt hatte und ich meine, erprobte ich an ihm mein Schulfranzösisch.

Meine Freundin Helga - wir ergänzten einander, sie war sehr gut in Mathematik, ich half ihr bei Aufsätzen - war auf einem Gut zu Hause, zu dem sie mich einige Male mitnahm. Sie war in Königsberg in einer Schülerpension, ihr Dorf lag für tägliche Fahrten zu weit entfernt. Ihr Vater war verstorben, ihre Mutter bewirtschaftete das Gut mit wenigen übrig gebliebenen Leuten und mit einer Gruppe französischer Kriegsgefangener. Sie hatten ihr Quartier in einem kleinen Haus neben dem Wohnhaus. Der Wachposten hatte mehrere Gruppen in der Umgebung und war selten da. Mittagessen wurde für sie mitgekocht, und nie begannen sie es, bevor nicht der Älteste von ihnen, in der Tür stehend, mit Verbeugung "Bon appetite, Madame," gesagt hatte. Sie verehrten Helgas Mutter, in ihrer Freizeit schnitzten sie allerlei nützliche oder einfach schöne Dinge für sie.

Ich machte mit bei Helgas Aufgaben: Hühnereier durchleuchten, sortieren, abpacken; und Flachs ziehen - mühselig. Rückenschmerzen hinderten uns aber nicht, abends dabei zu sein, wenn die Pferde zur Weide geritten wurden. Dafür standen wir auch am frühen Morgen auf: die Pferde von der Weide holen, ein Morgenritt, der schönste Auftakt für den Tag.

Wir gingen zur Tanzstunde, meine Klasse und eine Klasse der uns benachbarten Jungenschule, nächsthöherer Jahrgang. Walzer, Foxtrott, langsamer Walzer, Polka, gutes Benehmen, Höflichkeit und die brennende Frage: Wer bringt wen anschließend nach Hause? Unser Schulhof war von dem der Jungenschule durch einen Zaun getrennt, und es gab sozusagen eine Bannmeile vor dem Zaun: Es wurde nicht gern gesehen, wenn Schülerinnen sich in der Nähe des Zauns aufhielten. Vergleichbares gab es auf der anderen Seite. Aber spätestens zur Zeit der gemeinsamen Tanzstunde scherte man sich wenig um Gebote oder Verbote und durch die Zwischenräume im Lattenzaun wurden eifrig Zettel ausgetauscht.

Mein Bruder hatte für die Tanzstunde nur ein müdes Lächeln übrig. Er traf sich mit seinen Freunden bei einem von ihnen zum Swing. Wer Schallplatten mit Swing oder Jazz hatte, brachte sie mit. "Negermusik," wie sie offiziell genannt wurde. Öffentliche Darbietungen waren verboten, private sicher nicht erlaubt. Ein einziges Mal nahm mein Bruder mich mit, auf mein inständiges Bitten - "Da sind keine Mädchen." Es war dann außer mir noch ein Mädchen da: die Schwester des Gastgebers. Rhythmisch bewegten sie zur Musik den Kopf, klackten mit der Zunge, klopften mit den Füßen, wenn sie saßen, swingten locker, wenn sie auf den Beinen waren. Die Musik zu hören und ihnen zuzusehen war ungeheuer ansteckend. Aber natürlich konnte ich nicht so gut swingen wie sie und die Chance, besser zu werden, bekam ich nicht.

Auf der Straße wurde einmal mein Erscheinungsbild gerügt. Ich war mit dem Fahrrad unterwegs und hatte mir gegen Kälte und Wind ein Kopftuch umgebunden. Ein Mann trat mir so in den Weg, dass ich absteigen musste. Was mir einfiele, ein Kopftuch zu tragen wie ein Polenweib! Ich knotete die Kopftuchenden auf und band sie nach hinten zusammen.

"Ist es so recht?"

"Und auch noch frech obendrein! Du sagst mir deinen Namen!"

Er hatte mein Fahrrad losgelassen, um etwas innen aus der Jacke zu nehmen - zum Aufschreiben? Ich wartete es nicht ab.

Im Konfirmandenunterricht war unser Schwärmen in rege Teilnahme gemündet. Der Pfarrer ermutigte uns, Fragen zu stellen, nicht nur zu Bibeltexten. Einige meiner Mitschülerinnen hatten die Konfession "deutsch-gottgläubig" - es war mir zunächst nicht bewusst, dass Fragen dazu besser nicht gestellt wurden.

Wenn von meinem großen Bruder ein Brief angekommen war, begannen wir, auf den nächsten zu warten. Wenn viele Wochen vergingen, half uns das Wissen, dass nicht jeder Brief, den er schrieb, auch ankam. Wieder einmal waren viele Wochen vergangen. Im letzten Brief hatte er geschrieben, vor ihnen läge der Raum Stalingrad.

Als wir in Geschichte Sparta durchgenommen hatten, die Niederlage von König Leonidas in der Schlacht bei den Thermopylen, hatte ich geweint bei den Worten "Wanderer, kommst du nach Sparta, sage, du habest uns hier liegen gesehen wie das Gesetz es befahl" - wohl nicht in der Schule geweint, aber als ich es zu Hause nachlas.

Ich weinte, als die Schlacht von Stalingrad zu Ende war und Göring in seiner Rundfunkansprache sagte, wie einst bei den Thermopylen werde es in Stalingrad heißen: "Wanderer, kommst du nach Deutschland, sage, du habest uns hier liegen gesehen wie das Gesetz es befahl." Mein Vater, bleich und zutiefst erschüttert, regte sich auf über die Worte, vielleicht über die ganze Ansprache.

Ich hörte von meinen Mitkonfirmanden, dass der Pfarrer Elternbesuche machte. Der Tag der Konfirmation stand bevor - alle Eltern hatte er besucht, nur meine nicht. Ich hätte an dem Tag gern Tante Julie dabei gehabt. "Ist zu weit bis Königsberg," hatte sie geschrieben.

Ein Brief war gekommen, das wunderbarste Geschenk, ein Brief von meinem großen Bruder "aus der Kalmückensteppe". Er war nicht in den Kessel von Stalingrad geraten.

15. März 1943. Feierliche Konfirmation im Dom. Am Nachmittag war in unserer Wohnung eine kleine bunte Gesellschaft zusammengekommen. Mein lustiger Vetter Hermann, Sohn von Tante Julie, Soldat zur Ausbildung in Königsberg; Fräulein Seegers, Gustchen für meine Eltern, unsere langjährige Hausschneiderin, schon in Treuburg, mein

weißes Konfirmationskleid und das dunkle Prüfungskleid hatte sie genäht; Ehepaar Karpinski, Freunde der Eltern; meine Freundin Helga; Familie Zander mit zwei stillen kleinen Töchtern, Herr Zander war Kraftfahrer gewesen bei meinem Vater und war auf Fronturlaub; Frau Hüge, eine würdevolle alte Dame aus der Nachbarschaft und zwei patente junge Frauen, Nachbarinnen im Haus. Dank der wochenlang aufgesparten Lebensmittelmarken und, vor allem, dank des Pakets von Tante Julie konnte einiges aufgetragen werden. Die hohe Buttercremetorte, die Nusstorte mit Nussaroma, der Streuselkuchen und der Mohnkuchen standen auf dem Tisch, das Wasser zum nicht ganz echten Kaffee stellte meine Mutter auf, da klingelte es. Helga öffnete die Tür - der Pfarrer. Lockere Gespräche verstummten, Begrüßung, man stand steif um den gedeckten Tisch herum. Meine Mutter legte noch ein Gedeck auf, Sammeltasse, mein Vater schob noch einen Stuhl heran, ans Kopfende - "Bitteschön, Herr Pfarrer." Alle nahmen Platz. Ehe das Schweigen sich ausweiten konnte, stand der Pfarrer wieder auf und ergriff das Wort. Über den Anlass der Familienfeier sprach er, der einen Abschnitt meines Lebens beendete und einem neuen die Grundlage gab. Meine Mutter, allezeit praktisch, konnte das Kaffeewasser nicht verkochen lassen und eilte in die Küche. Zum Gebet war sie wieder da, mit der Kaffeekanne. Dann saß auch der Pfarrer wieder, ließ sich ein Stück Buttercremetorte auf den Teller laden, sie war vorzüglich. Man sprach verhaltene Lobesworte über die Torte, auch der Kaffee war recht gut. Ein Gläschen Bärenfang, selbst gebraut von meiner Mutter und mit den Worten "teuflisch gut" gepriesen von meinem Vater, lehnte der Pfarrer dankend ab, und als es an die Nusstorte ging, erhob er sich - er müsse leider gehen. Meine Eltern und ich gingen mit ihm zur Tür.

"Dass Sie heute gekommen sind, das hat uns sehr gefreut, und Ihre Worte, vielen, vielen Dank."

"Das war doch schön für dich, an deinem Ehrentage," sagte Frau Hüge.

"Ja, das war eine Überraschung," sagte mein Vater.

Torten und Kuchen schwanden, man unterhielt sich angeregt nach links und nach rechts und über den Tisch, Hermann machte seinen Ausbilder nach, mein Bruder spielte gedämpft Akkordeon, Helga und ich räumten ab und alberten in der Küche. Lautes Stühlerücken im Wohnzimmer, meine Mutter rief uns - Herr Karpinski wollte Fotos machen. Erst die Familie, dann alle, ich in der Mitte, der Fotoapparat mit Selbstauslöser auf der Anrichte, damit Herr Karpinski auch draufkam. Stühle wieder um den Tisch, Teller auf den Tisch, es gab Brote belegt mit Schinken aus Tante Julies Paket. Nach zwei, drei Gläschen Bärenfang, und noch eins auf den Weg, verabschiedeten sich die Gäste. "Eine schöne Feier," sagten sie.

Im neuen Lebensabschnitt wollte ich dem Dom und seinem Kirchenleben verbunden bleiben und wurde Helferin im Kindergottesdienst. Die Vorbereitungsabende mit den Textauslegungen mochte ich sehr. Mein Umgang mit den Kindern sonntags im Dom war nicht zu jedermanns Zufriedenheit. "Man hört die Kinder laut lachen." Mir wurde freundlich gesagt, ich könnte gern wiederkommen, wenn ich etwas älter geworden war.

Balladen und Gedichte im Deutschunterricht hatten in mir die Lust am Deklamieren erweckt: leidenschaftliche Vorträge zum Ergötzen oder auch zur tränengerührten Gefühlswallung der zuhörenden Klasse. Als ein von der Hitlerjugend veranstalteter Musischer Wettbewerb die Sparte "Sprechen" enthielt, nahm ich daran teil. Ein Monolog aus einem Drama, eine Ballade und ein Gedicht waren vorgeschrieben, vom Teilnehmer auszuwählen. Meine Auswahl: ein Monolog aus Schillers "Maria Stuart", eine Ballade von Börries von Münchhausen und ein Gedicht von meinem Bruder. Der Wettbewerb fand vor Mitgliedern des Schauspielhauses statt. Vor Beginn der Veranstaltung erfuhren wir, dass jeder nur mit zwei Vorträgen drankommen würde, vielleicht auch nur mit einem, mit welchen, oder welchem, das würden die Schauspieler uns sagen. Bei mir verzichteten sie auf den Monolog. Als ich die Ballade, schön dramatisch, beendet hatte, blickte ich in freundliche Gesichter mit wohlwollenden Mienen. Dann wollten sie das Gedicht hören. Ein längeres Herbstgedicht war es, voller Farbigkeit und Sturm und Melancholie, ich mochte es. Sie lauschten andächtig, vielleicht auch nur verblüfft. Lächeln war in ihren Gesichtern, als sie mich zu sich heranwinkten.

"Und wer ist das, der deinen Namen, Wittenberg, trägt?"

"Mein Bruder."

"Ah. Und wie alt ist er?"

"16. Aber bald 17."

Der mich gefragt hatte, wandte sich ab, und die anderen senkten die Blicke. Sie verabschiedeten mich mit Grüßen an meinen Bruder.

Ich richtete sie ihm aus, als ich ihm erzählte, dass ich, ohne ihn zu fragen, sein Herbstgedicht vorgetragen hätte. Er tippte sich an die Stirn:

"Bist du meschugge?"

"Wieso, es war doch prima, ganz was anderes als die anderen hatten."

"Was hatten die denn?"

"Na du weißt doch, Goethe, Hölderlin, Eichendorff, Rilke..."

"Ach so," sagte er, "Goethe, Hölderlin, Eichendorff, Rilke und Wittenberg."

Wir mussten lachen.

Ich erhielt eine Benachrichtigung: Ort und Termin für die zweite Runde des Wettbewerbs würden mir zu gegebener Zeit mitgeteilt werden. Doch dazu kam es nicht.

In den Sommerferien 1943 mussten wir zwei Wochen Kriegsdienst machen. Mit anderen aus meiner Klasse war ich in einer Munitionsfabrik: Bleikugeln in Beutel füllen. Die Frauen und wenigen Männer in der großen Halle bedienten Maschinen. Eine Aufseherin wanderte auf und ab und achtete streng darauf, dass wir nicht zu viel miteinander redeten. In einer

Mittagspause saß ich in der Sonne und pfiff das Motiv aus dem ersten Satz von Schuberts Unvollendeter. Als ich aufhörte, nahm jemand es auf, pfiff es wie ich zuvor. Ich guckte um die Ecke - ein Mann in blauer Montur mit dem Schild "Ost", ein Fremdarbeiter. Er hörte auf zu pfeifen und erwiderte mein Lächeln.

Liebe zur Musik hatte mich erfasst. Im Radio gab es viele Musiksendungen, ich hörte Werke, die mich begeisterten, ergriffen, in Gefühlstaumel versetzten. Als nach den Sommerferien die Konzertsaison begann, entdeckte ich Königsbergs reiches Musikleben. Bald hing über meinem Schreibtisch die Beethoven-Totenmaske.

"Wegen dem Schwarz-Weiß-Kontrast," sagte mein Bruder.

Dramen, die wir im Unterricht lasen, konnten wir im Schauspielhaus sehen. Aber nicht "Wilhelm Tell", der war verboten, gelesen hatten wir ihn. Was sonst noch verboten war, wurde uns nicht bewusst, weil es immer ein vielfältiges Theaterangebot gab. "Faust" wurde in zwei Besetzungen aufgeführt, in der einen war Faust überragend, in der anderen Mephisto, also sah man "Faust" zweimal, und als Paul Hartmann ein Gastspiel gab als Faust, ein drittes Mal.

Meine erste Oper: "Der fliegende Holländer", später "Der Freischütz", den wir im Musikunterricht auseinander nahmen, und "Fidelio", und, größter Eindruck, "Tiefland". Aber lieber als in die Oper ging ich in Konzerte. Ich hatte mein Prüfungskleid und ein Sonntagskleid und trug sie abwechselnd, und ich ging allein. "Was treibt dich?" fragte mein Bruder. Ich wusste keine Antwort. Meine Eltern sagten oder fragten: "Schon wieder?" Und dann gab mein Vater oder meine Mutter mir wieder Geld für eine Konzertkarte.

Mittwoch, den 27. Oktober 1943, 19 Uhr
Gebauhr-Saal der Stadthalle

# Frédéric Ogouse

Vortragsfolge:

1. a) Arabeske op. 17 . . . . B. Schumann
   b) Romanze op. 28 . . . . „

2. Carnaval . . . . . . . . „
   Préambule – Pierrot – Arlequin – Valse noble – Eusebius – Flo-
   restan – Coquette – Replique – Papillons – Chiarina – Chopin –
   Estrella – Reconnaissance – Pantalon et Colombine – Valse Alle-
   mande – Intermesso : Paganini – Aveu – Promenade – Pause –
   Marche des „Davidsbündler" contre les Philistins

3. a) Genfer Kirchenglocken . Fr. v. Liszt
   b) Am See von Wallenstadt . „
   c) Konzert-Etüde Des-dur . „
   d) Mephisto-Walzer . . . . „

4. Sonate b-moll, op. 35 . . . Fr. Chopin
   Grave – Doppio morimento
   Scherzo
   Marche lunèbre
   Finale: Presto

5. Sechs Etüden aus op. 10 . . Fr. Chopin
   E-dur        es-moll
   f-moll       cis-moll
   Ges-dur      c-moll

Konzertflügel: Bechstein a. d. Magazin J. A. Pfeifer, Vorderroßgarten 46
Bei Fliegeralarm Ruhe bewahren und nach Anweisung der Ordner die Luftschutzräume im Hause aufsuchen !

Königsberger Verlagsanstalt GmbH

# Königsberger Konzertgemeinde

Gemeinnützige Einrichtung der Stadt Königsberg (Pr) in Verbindung
mit der Nationalsozialistischen Gemeinschaft „Kraft durch Freude"

---

Montag, dem 15. November 1943, 18 Uhr
im Gebauhr-Saal der Stadthalle

## 1. Konzert mit Kammerorchester

### Klassischer Abend

Dirigent:
Staatskapellmeister

*Wilhelm Franz Reuß*

Solisten:

*Alice Schönfeld*

**Berlin**
(Violine)

*Hans Mooser*

**Opernhaus Königsberg**
(Cembalo)

---

Bei Fliegeralarm Ruhe bewahren und nach Anweisung der
Ordner die angegebenen Luftschutzräume im Hause aufsuchen

# VORTRAGSFOLGE

1. „Traum-Musik" aus der Oper „Alcina"
   für Streichorchester und Cembalo  .  G. Fr. Händel

   Auftritt der angenehmen Träume
   Auftritt der unheilvollen Träume
   Auftritt der erschreckten angenehmen Träume
   Kampf der unheilvollen und angenehmen Träume

2. Chaconne für Violine allein . . . Joh. Seb. Bach

3. Konzert für Violine
   mit Streichorchester und Cembalo . Joh. Seb. Bach

4. Divertimento D-dur Nr. 11
   für Oboe, zwei Hörner und Streicher  W. A. Mozart

   Allegro molto — Menuetto — Andantino
   Menuetto (Tema con Variaziono) — Rondo
   Allegro cessai — alla francese Marcia

Graph. Kunstanstalt Kbg. (Pr)

# WERKE DEUTSCHER MEISTER

Konzert am 1.3.1944 in der Aula der
Löb. Oberschule für Jungen.

Es spielt das Gebietsstreichorchester der Hitler-Jugend

Leitung: Hauptgefolgschaftsführer Alfred R e i n h a r d t
An der Orgel: Musikdirektor Herbert W i l h e l m i .

## Vortragsfolge.

### I.

| | |
|---|---|
| 1. Orgelkonzert Nr. 5 F-Dur | von G.F.Händel |
| 2. Zwei Sinfoniesätze | von J.Haydn |
| 3. Sinfonie A-Dur | von F.X.Richter |

### II.

| | |
|---|---|
| 1. Mittelsatz aus dem Violinkonzert a-moll | von J.S.Bach |
| 2. 1. Satz aus einem Klavierkonzert | von J.Chr.Bach |

Die Werke des ersten Teiles spielte das Orchester bei
seinem ersten öffentlichen Jugendkonzert am 1.3.1934.

Ich studierte die Zeitungsanzeigen, vielleicht könnte ich mir etwas Geld verdienen. "Kriegsblinder sucht Vorleser." Ich fragte an, ob auch eine Vorleserin in Frage käme. Er ließ mich etwas lesen - ich kam in Frage. Ein Teil der Lektüre waren Fachzeitschriften, aber der größere Teil waren Erzählungen oder Romane, nach seinen Wünschen von seiner Mutter bereitgelegt. Bücher, die oder aus denen ich gern vorlas, nicht immer das ganze Buch. Wenn ich ein Buch schon kannte, verzichtete er auf das Vorlesen, er wollte nicht, dass es langweilig für mich würde. Langweilig! Ich protestierte, aber er blieb dabei. Die Lesestunden fanden ein Ende, als er in ein Schulungsheim für Kriegsblinde kam.

In die Wohnung über uns waren neue Mieter eingezogen, ein Ehepaar, er war Königsberger, sie war Wienerin. Sie schrieben Hörfunkmanuskripte für den Königsberger Rundfunk. Bei ihnen sah ich zum ersten Mal in einer Wohnung, was ich bis dahin nur von Büchereien kannte: Wände voller Bücher! Und mein Bruder und ich durften uns ständig Bücher holen. Doch als das Ehepaar nach einem halben Jahr wieder auszog, bedauerte ich nicht nur das Ende unserer Hausbücherei. Wir hatten beim Büchertausch über dieses und jenes gesprochen, und wie gern hatte ich ihr zugehört! Was sie sagte und wie sie es sagte - wie warm und weich klang mir dann die deutsche Sprache, wie nüchtern dagegen die in Königsberg gesprochene! Ostpreußische Klangfärbung konnte der die Nüchternheit nehmen, aber man hielt ja darauf, reines Hochdeutsch zu sprechen.

Mein Bruder war mit seiner Klasse Luftwaffenhelfer geworden. Nicht weit von Königsberg waren sie bei einer Flakeinheit stationiert und erhielten Ausbildung und auch einige Stunden Schulunterricht. Sie wurden nach Berlin verlegt. Nach zwei Monaten kehrten sie zurück. Ihre Flak-Batterie war bombardiert worden. Einer aus der Klasse hatte sein Leben verloren und einer hatte schwere Verwundungen erlitten; er starb in Königsberg. Die Luftwaffenhelferuniform konnten sie ausziehen. Sie gingen wieder zur Schule. Das vorgezogene Abitur war angekündigt.

Mein Freund war auch Schüler und Luftwaffenhelfer, er blieb in der Nähe von Königsberg stationiert. Die Tanzstunde hatte er nicht mitgemacht, die Swing-Treffen auch nicht. Bei uns im Haus waren wir uns begegnet, er besuchte seine Verwandten, das Ehepaar mit der Hausbücherei. Eine unausweichliche Begegnung, schien es uns. Unsere Neigungen stimmten überein, wir fühlten uns von denselben Dingen angesprochen oder beflügelt. Gedichte liebten wir, schickten neu entdeckte einander zu, Musik liebten wir. Einmal hatten wir, jeder für sich, im Radio eine Komposition von Franz Liszt, dem viel gespielten Komponisten, gehört - jedermann kannte die triumphalen Klänge aus einem seiner Werke, die jeder Ostfront-Sondermeldung aus dem Führerhauptquartier vorangingen - und als wir über das getrennt gemeinsam Gehörte sprachen, sagte mein Freund:

"In jeder Komposition von Liszt ist ein dramatischer Höhepunkt, und das ist immer der Sieg über die Frau im Bett."

Er war ernst, ich nickte ernst, ohne zu wissen, was das bedeutet, und ihn zu fragen, ob er es wusste, kam mir nicht in den Sinn. Meine Aufgeklärtheit ging über den Biologieunterricht nicht hinaus. Das Verlangen, mehr zu wissen, war auf anderes gerichtet. Unsere Gedanken und Empfindungen tauschten wir aus in Briefen und auf Spaziergängen. Wie schön es war, wie lustvoll und schmerzvoll, zu zweit nach Antworten auf die Frage nach dem Sinn des Lebens zu suchen! Aber unsere Spaziergänge waren weder oft genug möglich noch waren sie je lang genug.

Es gab immer häufiger Fliegeralarm. Wir hatten jeder einen Rucksack gepackt, den wir in den Luftschutzkeller mitnahmen. Meine Mutter hatte einmal meinen Rucksack angehoben.

"Warum ist der so schwer?"

Ich musste ihn aufmachen. Bücher. Mappen mit Zeichnungen, Aquarellen, beschriebenen Blättern, Konzertprogrammen. Briefe. Etwas zum Anziehen.

"Bücher! Dicke Mappen! Die nimmst du raus und packst was Wichtiges ein."

Ein Kleidungsstück passte in die von zwei Büchern hinterlassene Lücke.

Mein Vater musste seinen Lastwagen auf Holzgas umstellen. Er führte ständig einen Holzvorrat mit, kleine Scheite, mit denen er den Kessel hinter der Fahrerkabine heizte. Aus einem gewöhnlichen Ofenrohr qualmte der Rauch heraus.

Ein reiches Filmangebot in den Kinos, leider waren Filme, die ich brennend gern sehen wollte, "Für Jugendliche unter 18 Jahren nicht zugelassen", und die Kontrolle war strikt. Aber nicht in allen Kinos gleich strikt, wie ich herausfand, nachdem ich 16 geworden war und sich einiges tun ließ, um wie 18 zu erscheinen.

Mein Bruder schwänzte an manchen Tagen die Schule und segelte dann mit seinem Freund, der ja ebenfalls schwänzte, seinem abwesendem Vater gehörte das Segelboot. Ich hatte bei Entschuldigungen mitgewirkt. Mein Bruder hatte sich mein buntes Halstuch geliehen, das mein großer Bruder mir aus Frankreich mitgebracht hatte, und einmal war er über Bord gegangen und die Farben des Halstuchs waren ineinander gelaufen. Meine Mutter wollte wissen, wie es dazu gekommen wäre. Mein Bruder erzählte es, wahrheitsgetreu. Wir bekamen beide ein gehöriges Donnerwetter, ich wegen der Entschuldigungen.

Die Schule war auf das stets gleichzeitige Fehlen der beiden aufmerksam geworden. Sie kündigte eine Überprüfung und gegebenenfalls Maßnahmen an, verzichtete aber schließlich darauf - in Anbetracht der Zeit, wohl auch in Anbetracht der fehlenden Zeit. Das Kriegsabitur war eins ohne Prüfung, mein Bruder kam sofort zum Arbeitsdienst und danach zur Wehrmacht.

Mein Freund war beim Arbeitsdienst. Fast täglich erhielt ich einen Brief. Meine Mutter, die richtig vermutete, dass ich ebenso viele Briefe schriebe, fand solch zeitraubenden

Briefwechsel gar nicht gut für mein schulisches Lernen. Es kam dann nur noch hin und wieder ein Brief nach Hause, die vielen anderen kamen postlagernd, Postamt 5 am Hauptbahnhof, nahe der Brücke über Bahngelände, auf der wir in der Abenddämmerung manchmal gestanden hatten: Tief unter uns ein Gewirr von Geleisen, zischende Lokomotiven, scheinbar planlos rollende Waggons, dumpfe Anschläge - der Blick von der Brücke hatte uns jedes Mal fasziniert.

Attentat auf den Führer! Es herrschte Entsetzen. In der Straßenbahn sprachen fremde Menschen miteinander. "Wenn wir jetzt den Führer verloren hätten!" "Dann wäre es aus mit uns, mit Deutschland." "Dann hätten die Feinde leichtes Spiel." "Er hält alles zusammen, wenn er nicht mehr wäre, nicht auszudenken!" "Gott hat ihn beschützt, Gott sei gedankt."

Mein Vater kam nach Hause und erzählte, dass zu ihm jemand gesagt hätte: "Wir sind alle entsetzt, wenn auch nicht alle aus demselben Grunde."

In den Sommerferien 1944 war mein Kriegsdiensteinsatz in einem Sägewerk: Platten aufeinander stapeln. In der Kantine gab es ein Mittagessen, das weit über dem lag, was meine Mutter aus unseren Zuteilungen auftischen konnte: zu Kartoffeln und wechselndem Gemüse ein ansehnliches Stück Fleisch oder ein halbes Hähnchen oder ein Viertel Ente. Ich wunderte mich, wie das möglich war und ließ es mir schmecken. Russische Kriegsgefangene arbeiteten im Sägewerk und man sah ihnen an, dass sie keinen Hunger litten. Als meine Partnerin beim Stapeln einen Tag fehlte, nahm ein Russe ihren Platz ein. Er sagte zu mir: "Bald Russen Herren, nicht arbeiten, nur Deutsche arbeiten."

Ich gab es zu Hause wieder, mein Vater sagte:

"Erzähl' das bloß nicht weiter im Sägewerk!"

"Aber Papa!"

Ich war erstaunt, fast empört, dass er meinte, mir das sagen zu müssen.

Zwei Ferienwochen verbrachte ich auf der Kurischen Nehrung, mit meiner Freundin Eva. Ihre Eltern hatten ein Ferienquartier bei einem Fischer in Pillkoppen, sie konnten es zu der Zeit nicht nutzen, wir durften hinfahren.

Die Kurische Nehrung - nach Wilhelm von Humboldt ist sie "...so merkwürdig, dass man sie eigentlich wie Spanien oder Italien gesehen haben muß, wenn einem nicht ein wunderbares Bild in der Seele fehlen soll." Der Kenner Spaniens und Italiens hatte das Einzigartige des schmalen Landstrichs zwischen Ostsee und Kurischem Haff erkannt.

Mit dem Schiff über das Haff kommend, sahen wir die Dünen aufragen, ein fast weißes Band das Haffufer entlang, so weit wir es sehen konnten. Winzig erscheinende Häuser zu Füßen der Dünen: Pillkoppen. Es hatte einen kleinen Fischerhafen, zu klein für unser Schiff, wir wurden ausgebootet.

Unsere Wirtsleute waren warmherzig, unser Stübchen war anheimelnd und die Sonne schien Tag für Tag. Wir wanderten über die Dünen. Durch weit ausgedehnte, flache Mulden, mal ein sanfter Anstieg, dann sanft hinab und wieder und immer unermessliche Weite. Sand, nichts als Sand, blendend hell, glatt oder vom Wind gerippelt und zu kreuz und quer verlaufenden Wellen geformt. Unermüdlich wanderten wir, völlig allein, mit dem glitzernden Haff zur einen Seite und dem grünen Band des Nehrungswaldes und der blau schimmernden Ostsee zur anderen. Spitz wie ein Dachfirst der Kamm der zum Haff steil abfallenden Dünen - da hinunter und hinein ins Haff zum Abspülen und Abkühlen! Wir blickten auf und es schien, als gäbe es nur die steilen Dünen mit spitzem Kamm. Oben erst offenbarte sich die Dünenlandschaft in ihrer unendlich erscheinenden Weite.

Wir erlebten den opalenen Tag. In gleißendem Sonnenlicht gingen Haff und Himmel ineinander über, löste der Horizont sich auf. Die Kurenkähne der Fischer waren Schemen auf dem Haff, und waren sie weit weg, dann schien es, als segelten sie am Himmel.

Wir überquerten die alte Poststraße und gingen durch den Nehrungswald zur Ostsee, wanderten den menschenleeren Strand entlang, warfen uns in die Wellen der Brandung, schwammen, lagen wohlig erschöpft auf warmem Sand. An zwei Tagen standen wir bei Anbruch der Morgendämmerung auf und legten uns nahe einem Einschnitt zwischen den Dünen auf die Lauer - "Elche kommen da durch zum Haff," hatte unser Fischer gesagt. An den beiden Tagen kamen sie nicht.

Abends waren wir oben auf der Düne und sahen hinter der See die Sonne untergehen. Wir drehten uns um - hinter dem Haff ging der Mond auf. Eva, sehr musikalisch, hatte mich mit mir unbekannten Liedern vertraut gemacht. Der Mond stand über der Kante des Haffs, seine Lichtbahn glänzte und funkelte auf dem Wasser, wir saßen auf dem Dünenkamm und sangen Lieder mit dunklen, sehnsuchtsvollen Melodien.

Oh käm' das Morgenrot herauf,
oh ging' die Sonne doch erst auf,
säh' ich herreiten
meinen Geliebten
über das Feld.

Wir mussten Abschied nehmen.

"Wer weiß, was noch kommt," sagte der Fischer.

Noch ein paar Tage, und die Schule würde wieder anfangen. Mein Bruder war nicht da, mein Freund war nicht da. Mein großer Bruder hatte geschrieben, meine Briefe brächten ihn zum Lachen. Ich schrieb drei Briefe.

Nacht, Sirenengeheul - "Feindliche Bomberverbände über der Danziger Bucht," kam es aus dem Radio. Wie gewohnt mit dem Rucksack in den Keller. Brummen! Flak! Explosives Krachen! Wir schraken zusammen - Bomben auf Königsberg! Bis dahin war Fliegeralarm ein routinemäßiges In-den-Keller-gehen gewesen. Das Krachen setzte sich fort, kam aber nicht näher. Endlich hörte es auf. Entwarnung. Am Morgen hingen Rauchwolken über der Stadt. Der nördliche Stadtteil war bombardiert worden. Man sprach von mehreren Toten. In den Ställen an der Rennbahn waren die Pferde umgekommen.

Drei Nächte danach, 29./30. August, kurz vor 1 Uhr: "Starke feindliche Bomberverbände im Anflug auf Königsberg." Brummen, Gebell der Flak, Krachen, Bersten, furchtbares Heulen, Pfeifen, Sausen! Brummen, und wieder und wieder Krachen! Es wurde immer lauter, war nahe, wir duckten uns, die Kehle wie zugeschnürt, die Erschütterungen wurden stärker, die Kellerwände schienen zu beben, Kalk rieselte, das Licht flackerte, ging aus - wir schrien auf! Knallende Donnerschläge, zischendes Sausen, berstendes Krachen, Krachen, Krachen! Flak war nicht mehr zu hören. Als das Krachen weniger wurde, dachten, hofften wir, es würde enden - bis dem dumpfen Brummen einer Flugzeugwelle erneut schreckliches ohrenbetäubendes Getöse folgte! Im fahlen Licht einer Karbidlampe kauerten wir, gelähmt, stumm. Und wieder ebbte der Höllenlärm ab, endete. Endgültig. Es war 2 Uhr. Keine Entwarnung.

Wir gingen hinaus. Rauch, Flammen, ein gewaltiger Feuerschein am Himmel. Wir starrten auf die brennende Stadt, hörten das Prasseln der schrecklichen Feuersbrunst, wir wagten den Gedanken an die Menschen nicht auszusprechen.

Als der Morgen dämmerte, ging mein Vater los, er wollte sehen, was er tun könnte, helfen könnte.

"Ich komme mit!"

Wir gingen zusammen. Über der Stadt war der Himmel nicht sichtbar. Die Bombeneinschläge waren uns unmittelbar nah erschienen, doch etwa 200 Meter von uns entfernt hatte der Weg der Zerstörung Halt gemacht. Vor den ersten ausgebrannten oder zertrümmerten Häusern lagen Koffer und Rucksäcke, auch Hausrat, und Leute standen oder saßen daneben. Mein Vater sprach mit ihnen, dann ging er zurück, er würde mit dem Lastwagen wiederkommen. Er hatte gehört, in einem Schulgebäude stadtauswärts wäre eine Notunterkunft, dorthin würde er sie mit ihren Sachen bringen. Ich ging weiter. Die Straße wurde enger, Trümmer bedeckten die Bürgersteige und auch die Fahrbahn. Ich kam in die Straße, in der mein Vorlesepartner wohnte. Vor dem Haus, vor der Ruine, in der es immer noch rauchte, saß seine Mutter auf einem Koffer auf der Straße, Rucksack und Taschen um sich herum. Als sie mich sah, sagte sie unter Tränen, wie froh sie sei, dass ihr Sohn nicht zu Hause war. Das Schulungsheim war in einer anderen Stadt. Sie zeigte mir eine Postkarte, adressiert an das Schulungsheim, sie möchten ihrem Sohn ausrichten, dass sie wohlauf sei.

"Nach dem Bombenangriff vor drei Tagen konnte ich mit ihm noch telefonieren, aber jetzt? Ob Post überhaupt geht?"

"Das Hauptpostamt ist hin," sagte ein Mann, "aber das am Hauptbahnhof, Postamt 5, das steht noch. Der Bahnhof ist nicht getroffen und das Postamt auch nicht."

Postamt 5 war nicht getroffen.

"Ich nehme die Karte mit," sagte ich, "ich gehe zum Postamt 5."

Sie wartete darauf, in ein Notquartier gebracht zu werden, mit dem wenigen, das sie noch besaß und von dem sie sich nicht trennen wollte. Andere warteten auch mit ihren Habseligkeiten. Als jemand kam und sagte, wo ein Sammelpunkt sei, begleitete ich sie und blieb mit ihr, bis Soldaten mit Fahrzeugen kamen und die Menschen und ihren mageren Besitz aufluden.

Vor einem zerbombten Kaufhaus an einer Pregelbrücke lag eine Gruppe seltsam erstarrter, geschwärzter Figuren - die Schaufensterpuppen! Plötzlich war mir bewusst, dass es keine Schaufensterpuppen waren.

Am Abend und an den folgenden Abenden fuhren Leute mit Fahrrädern in Scharen durch unsere Straße aus der Stadt heraus, bepackt mit Taschen und Decken, um irgendwo, unter einem Dach oder unter freiem Himmel, zu übernachten. Weitere Luftangriffe wurden befürchtet. Im Laufe der Woche verringerte sich ihre Zahl, schließlich hörte das abendliche Rausfahren auf. Keine weiteren Luftangriffe.

Länger als eine Woche hing die riesige Rauchglocke über der Stadt, fielen Asche und verkohlte Fetzen herab. Königsberg -

Die Innenstadt und weite Teile ringsum - Ruinen, Ruinen.

Die Straßen - Trampelpfade zwischen Schutt und Geröll.

Das Speicherviertel - Fassadenreste.

Das Schloss - ausgebrannt.
Der Schlossturm ragte über gähnenden Mauern.

Auf der Dominsel war nur das Grabmal von Kant an der Außenmauer des Doms unzerstört geblieben.

Die Dominsel          1944

Fensterlöcher
Schornsteinskelette
schräge Mauern
bereit zum Fall
private Spuren
bloßgelegt
verzierte Fassaden
bewachen Geröll
Domtürme
gekappt
Kirchenschiff
offen zum Himmel
heilige Altäre
profane Haufen
Orgelpfeifen
spurlos geschmolzen
gotische Fenster
starren glaslos
Kantgrabmal
überdauert Zeit
Gedankenhort
ausgebrannt
uralte Mauern
umrahmen Leere
zersplitterte Bäume
weinen lautlos
enger Pfad
endet nirgendwo
amputierte Brücke
Pfähle verkohlt
im Wasser
der Pregel fließt teilnahmslos.

Meine Schule war ausgebrannt. Wir würden benachrichtigt werden, sobald Unterrichtsräume gefunden wären.

Die ersten Flüchtlingstransporte mit der Bahn wurden zusammengestellt: Frauen, Kinder und ältere Menschen aus dem nordöstlichen Ostpreußen. Die zuständige Stelle fragte an, bei anderen Schülerinnen wie bei mir, ob wir bereit wären, Transporte zu begleiten. Es wäre freiwillig, und die Zustimmung der Eltern oder eines Elternteils müsste vorliegen. Ich wollte und meine Eltern waren einverstanden.

Wir waren eine kleine Gruppe von Mädchen und halfen den verantwortlichen Rot-Kreuz-Schwestern bei der Betreuung der Flüchtlinge: auf Bahnhöfen Milchnahrung für Säuglinge, Milch für Kinder, Kaffee und Butterbrote in Empfang nehmen und austeilen, mit Kindern spielen, alten Menschen behilflich sein.

Ich unterhielt mich mit einer alten Frau aus Nidden. Sie wäre nur mitgekommen, weil ihr Mann verstorben war. Fischer war er gewesen und er wäre nie von Nidden weggegangen, und wenn er noch lebte, wäre sie mit ihm dort geblieben. Ich erzählte ihr von den Ferien mit Eva auf der Kurischen Nehrung, von unserer Wanderung über die Dünen von Pillkoppen nach Nidden, vor ganz kurzer Zeit. Oder vor langer Zeit?

"Ja," sagte sie, "früher sind die Fremden zu uns gekommen, jetzt fahren wir zu den Fremden."

Sie lächelte traurig. Ihre Worte und ihr Lächeln schnitten mir ins Herz.

Der Transport endete in Wurzen in Sachsen. Wir bekamen Fahrscheine, die für jeden Zug gültig waren, und Scheine für Verpflegung in Bahnhofsmissionen. Wir waren im Reich! So hieß in Ostpreußen das übrige Deutschland. Ein jeder, der aus dem Reich kam oder ins Reich fuhr, war für uns von einer Aura umgeben. Zur Rückfahrt über Berlin mussten wir zunächst nach Leipzig fahren. Ob Erinnerung an Geschichtsstunden uns dazu bewog: Wir pilgerten zum Völkerschlachtsdenkmal. Zurück zum Bahnhof, und da las ich auf einem Fahrplan, dass es nur eine kurze Fahrtstrecke war bis Naumburg. Naumburg - die Uta!

So nah zu sein und die Uta nicht sehen? Ich schlug es vor. Eine wollte mitkommen. Die anderen fuhren nach Berlin, wir zwei mit einem Bummelzug nach Naumburg. Im Abteil sprachen Leute uns an, in echtem Sächsisch. Als sie hörten, woher wir kämen und dass wir wieder dorthin zurückfahren würden, kamen sie aus dem Staunen nicht heraus. Äpfel und Butterbrote holten sie hervor, die mussten wir gleich essen, und dann noch mehr, zum Mitnehmen. Sie fuhren weiter, nach dem Händeschütteln im Abteil riefen sie uns ihre guten Wünsche durch das Fenster noch einmal zu. Wir gingen in den Naumburger Dom hinein - die Uta und die anderen Figuren waren eingemauert.

Nach Leipzig, von Leipzig nach Berlin. Fliegeralarm, Luftschutzbunker, Entwarnung, und nach Königsberg.

Von der Schule war keine Benachrichtigung gekommen. Ich begleitete noch einen Transport: Menschen aus den östlichen Grenzkreisen. Die Rote Armee war nicht mehr weit davon entfernt. Der Transport endete in Grimma in Sachsen. Wieder nach Leipzig. Die anderen Mädchen wollten auf der Rückfahrt in verschiedenen Orten Verwandte besuchen. Wir trennten uns.

Ich fuhr nach Weimar. Das Goethe und Schiller-Denkmal war ummauert und das Goethe-Haus war geschlossen. Das Nietzsche-Archiv war geöffnet. Gedichte, die mein Freund und ich liebten, sah ich in Nietzsches Handschrift. Im Park suchte ich Goethes Gartenhaus auf. Es stand da, mit seinen verhangenen Fenstern, als hätte Goethe es wegen der kühlen Wetterlage gerade verlassen.

In Berlin wieder Fliegeralarm. Ich unterbrach die Fahrt nach Königsberg in Marienburg und ging zur Burg. Für eine Gruppe von verwundeten Offizieren begann eine Führung, ich durfte mich anschließen. Ein älterer Herr öffnete die Schatztruhe seines Wissens. Geschichte und Struktur der Marienburg machte er lebendig, da fiel es nicht ins Gewicht, dass Figuren und auch Altäre eingemauert waren. Ich meinte, mich an manche zu erinnern: Omnibusausflugsfahrt mit meinem Vater, Sommer 1939.

In Königsberg, einen Tag nach meiner Rückkehr, ein Anruf von der Gebietsführung der Hitlerjugend: ich möchte mich am Vormittag des folgenden Tages dort einfinden. Nanu? Den Grund könnte man mir am Telefon nicht sagen. Ich wusste gar nicht wo das war, man gab mir die Adresse. Ich überlegte: weil ich jahrelang nicht an BDM-Heimabenden teilgenommen hatte? Unsinn, so wichtig waren weder die Heimabende noch meine Teilnahme. Ich ging hin, neugierig auf das, was mich erwartete.

Ein Uniformierter mit allerlei Rangabzeichen empfing mich, Bannführer, wie er sich vorstellte. Er benutzte einen Stock. Ein Anliegen, eine Bitte eigentlich: wäre ich bereit, seine Großmutter nach Schwerin zu bringen? Erst verschlug es mir die Sprache, dann fragte ich, wie er auf mich käme. Der die Begleitung der Flüchtlingstransporte organisierte, der wäre mit ihm und seiner Frau bekannt. Aha. Ich hätte doch Erfahrung mit Bahnhöfen in Berlin, wo man nach Schwerin umsteigen müsste. Mein Schulunterricht würde bald wieder anfangen, sagte ich. Bis dahin würde ich bestimmt zurück sein, meinte er. Ich müsste meine Eltern fragen. Selbstverständlich, ich brauchte mich ja noch nicht zu entscheiden. Seine Frau würde sich freuen, wenn ich am folgenden Tag zum Kaffee käme. Er schob mir einen Zettel zu mit seiner Adresse in Cranz.

Cranz! So viele Erinnerungen an herrliche Tagesausflüge, an Strandvergnügen, weites Rausschwimmen! Und an Nacktbaden, fernab vom belebten Strand.

"Ja, ich werde nach Cranz fahren."

Die Frau des Bannführers war sympathisch und liebenswürdig. Die Großmutter, eine zierliche alte Dame, sagte fast nichts während der Kaffeetafel. Sie lächelte, und hin und wieder nickte sie zu den gesprochenen Worten. Ich hörte, wie froh die Familie wäre, die Großmutter bei Verwandten in Schwerin zu wissen. Sie, die Frau des Bannführers, könnte wegen ihrer kleinen Kinder die Fahrt nicht unternehmen. Sie war wirklich nett, und sie überzeugte mich, dass ich mit der Großmutter fahren sollte. Der Schulunterricht hatte ohnehin noch nicht begonnen.

"Willst du das tun?" fragte meine Mutter. "Bei einem Transport ist es doch anders, da bist du nicht allein."

Ich hatte es verschwiegen, dass ich die letzte Rückfahrt solo gemacht hatte. Mein Vater war dagegen, dass ich eine Fahrt für die Hitlerjugend unternähme. Die Großmutter, sagte ich, um die gehe es, nicht um die Hitlerjugend.

"Meinetwegen," sagte mein Vater.

Meine Mutter willigte dann auch ein.

Nachtzug nach Berlin. Die Frau des Bannführers würde die Großmutter, das Gepäck und die Fahrkarten zum Hauptbahnhof bringen, eine Stunde vor Abfahrt. Wir trafen ziemlich gleichzeitig ein. Auf dem Bahnsteig verabschiedete sich die junge Frau sofort: es täte ihr Leid, aber sie müsste den letzten Zug nach Cranz kriegen. Zwei Koffer waren das Gepäck der alten Dame. Der Bahnsteig wurde voll, und als der Zug einlief, herrschte großes Gedränge. Ich half der Großmutter in den Zug und wuchtete die verflixt schweren Koffer hinterher. In einem Abteil rückten die Leute etwas zusammen, um der kleinen alten Dame Platz zu machen. Für mich war nicht auch noch Platz. Ich saß auf einem Koffer vor dem Abteil, den anderen gleich dahinter. Der Schaffner kam und sagte, das ginge nicht, ich müsste von der Abteiltür weg. Ich schob die Koffer etwas weiter. Noch weiter, sagte er.

Hin und wieder stand ich auf und sah ins Abteil. Die Großmutter lächelte mir zu. Einmal half ich ihr zur Toilette. Als ich wieder einmal nachsah, hatte sie die Augen zu, vielleicht schlief sie. Ich hatte ein Buch mit, aber es gab kein Licht zum Lesen. Ich horchte auf das monotone Zuggeräusch. Plötzlich fuhr ich erschrocken hoch! Ich hatte geschlafen! Ich guckte ins Abteil - die Großmutter war nicht drin! Zur Toilette - da war sie auch nicht! Im Abteil saßen andere Reisende, sie wüssten nichts von einer alten Dame. Aber zwei waren noch da, die in Königsberg eingestiegen waren, sie schliefen, ich weckte sie: die alte Dame da in der Ecke, sie erinnerten sich doch? Sie erinnerten sich, aber wo sie geblieben wäre, wüssten sie nicht, sie hätten geschlafen. Ich suchte den ganzen Zug ab, die Gänge, jedes Abteil, jede Toilette - nichts. Ich bestürmte den Schaffner, könnte sie aus dem Zug gefallen sein? Ganz bestimmt nicht, ihm wäre keine offene Tür gemeldet worden, und in einem so vollen Zug könnte keiner unbemerkt rausfallen. Aber wo könnte sie bloß sein, fragte ich verzweifelt. Irgendwo ausgestiegen, meinte der Schaffner. Ich malte mir aus, wie sie allein, frierend, auf einem fremden Bahnhof steht - entsetzlich! Sollte ich auf der nächsten Station aussteigen, zurückfahren, auf Bahnhöfen suchen, fragen? Aber wie viele Stationen hatte ich verschlafen? Die Stationsnamen waren schwer zu verstehen gewesen, und dann hatte ich auch nicht mehr auf sie geachtet, als ich wach war, oder halbwach. Zurückfahren wäre sinnlos, wenn ich nicht wüsste, wohin, sagten Leute im Abteil, und von Station zu Station fahren, immer mit einem anderen Zug und stundenlangem Warten dazwischen - unmöglich. In Berlin, da könnten die vom Telegraphenamt bei den Bahnhöfen nachfragen, sagte der Schaffner. Ein Lichtblick.

Ich stieg mit den Koffern in Berlin aus, fragte mich durch zum Telegraphenamt. Da lachten sie mich aus. Sie wären froh, wenn sie die Leitungen immer intakt hätten für wichtige Meldungen. Und die Bahnhöfe, alle Bahnhöfe überall so voller Menschen, da wäre eine solche Auskunft gar nicht zu bekommen.

Die Telefonverbindung nach Königsberg kam zu Stande. Ich sollte mit den Koffern nach Schwerin fahren, sagte der Bannführer.

Ein ziemlich langer Weg vom Bahnhof in Schwerin bis zu der Adresse, die Koffer waren fürchterlich schwer. Ich klingelte, jemand öffnete, noch jemand kam, sie sahen mich an, kalt, unfreundlich - sie wüssten Bescheid, Anruf aus Königsberg. Mehr sagten sie nicht, und bevor ich ein Wort sagen konnte, hatten sie die Koffer ins Haus genommen und die Tür zugemacht.

Rückfahrt... Weder der Bannführer noch seine Frau machten mir Vorwürfe. Aber ich wurde auf das Polizeipräsidium bestellt. Fragen über Fragen, was ich getan hätte vom Zeitpunkt des Einsteigens an bis ich eingeschlafen war - wohl mit Soldaten geschäkert? Und wie lange ich geschlafen hätte. Ich wusste es nicht, ich wusste nicht, wann ich eingeschlafen war, ich hatte überhaupt nicht auf die Uhr gesehen. Der Beamte fragte streng, war streng. Gegen Ende der Befragung wurde er etwas freundlicher. Ich fragte, ob es Hoffnung gäbe, die alte Dame wiederzufinden. Hoffnung sollte man immer haben, erwiderte er.

Ich hoffte inständig, es wäre so, wie der Schaffner beim Aussteigen in Berlin gesagt hatte:

"Leute stiegen aus, und da stieg sie mit aus, und dann werden sich die von der Bahnhofsmission um sie gekümmert haben. Man lässt doch eine alte Frau nicht allein auf einem Bahnhof stehen."

Noch ein Treffen hatte ich mit der Frau des Bannführers. Da erfuhr ich, dass die Großmutter zeitweilig verwirrt gewesen war. Warum war mir das nicht vorher gesagt worden? Aber wenn ich es gewusst hätte - wäre ich dann nicht eingeschlafen?

Der Schulunterricht begann wieder, im Konfirmandensaal einer Kirchengemeinde. Meine Klasse war kleiner geworden. Nach dem Luftangriff, bei dem einige Schülerinnen und Lehrer ausgebombt worden waren, hatten Mitschülerinnen mit ihren Familien Königsberg verlassen. Straßenbahnen fuhren durch die aufgeräumten Straßen. Manche Haltestellen waren aufgehoben, da wohnte oder arbeitete niemand mehr.

Kinos, zwei große inmitten von Ruinen und die kleinen am Stadtrand, zeigten die neusten Filme, vier Vorstellungen täglich. Das Opernhaus war zerstört, im stehen gebliebenen Schauspielhaus gab es neben Theateraufführungen auch Konzerte, die Stadthalle mit den Konzertsälen war ausgebrannt. Zerstört war die Altstädtische Kirche mit ihrer berühmten Orgel. Mit Ausnahme der Sommerpause und der kirchlichen Festtage hatte es an jedem Mittwoch um 18 Uhr eine Orgelfeierstunde gegeben mit wechselnden Organisten aus Königsberg und aus anderen Großstädten

V o r t r a g s f o l g e

| | |
|---|---|
| Fantasia Primi Toni dorisch d<br>Choralvariationen über "Puer natus in Bethlehem" | Paul Siefert<br>(1586 - 1666) |
| Präludium und Fuge A dur<br>Choralvorspiel zu "Nun lob mein Seel den Herren" | Dietrich Buxtehude |
| Präludium und Fuge c moll | Joh.Seb.Bach<br>(1685-1750) |
| Fuge über den Namen Bach f.Orgel,aus op.60 | Rob.Schumann<br>(1810- 1856) |
| Passacaglia und Fuge d moll, op.55 | Richard Wetz<br>(1875 - 1935) |

-----

An den Orgeln: Konrad Krieschen, Erster Organist an St.Marien
zu Danzig.

--------------------------------------------------

Paul Siefert, 1586 in Danzig geboren,war ein Schüler des berühmten
"Organistenmachers" Jan Pieters Sweelinck in Amsterdam.Von 1623 bis
zu seinem Tode 1666 wirkte er als Organist an St.Marien in Danzig.
Die zum Vortrag gelangende Fantasia ist erstmalig in der Sammlung
"Organum" bei Kistner und Siegel veröffentlicht, die Choralvariatio-
nen über "Puer natus in Bethlehem" sind von demselben Herausgeber,
Herrn Professor D.Dr.Max Seiffert, freundlichst handschriftlich zur
Verfügung gestellt.

Die 9.Orgelfeierstunde findet statt am Mittwoch,d.8.Sept.1943,
18 Uhr. Man beachte die Dienstagausgaben der Tageszeitungen.

## 9.Orgelfeierstunde
### Mittwoch,d.8.Sept.1943, 18 Uhr
in der Altstädtischen Kirche zu Königsberg(Pr).

V o r t r a g s f o l g e.

Dietrich Buxtehude: Passacaglia d-moll.
Choralfantasie:Wie schön
leuchtet der Morgenstern..
Präludium und Fuge E-dur
Joh.Seb.Bach:Choralpartita"O Gott,du frommer Gott..
Fantasia G-dur

An den Orgeln: Kurt Beer= Düsseldorf.

10.Orgelfeierstunde Mittwoch,den 15.Sept.,18 Uhr.
Man beachte die Dienstagausgaben in den Tageszeitungen!!

Ostpreußen im Wehrmachtsbericht. Der Name Nemmersdorf prägte sich ein, der Grenzort war kurze Zeit in sowjetischer Hand gewesen.

Mein Bruder kam auf Kurzurlaub. An einem Abend machten wir einen langen Spaziergang, weit aus der Stadt heraus. Es war Vollmond, Wolkengebilde zogen über den Mond, von seinem Licht malerisch erleuchtet. Wir sprachen über Gott und die Welt oder wir schwiegen, aufgehoben in der Vertrautheit unserer gemeinsamen Jahre. Friedvolle Stille. Plötzlich war vor uns ein unförmiger Schatten. Wir gingen näher: ein zerschossenes Wehrmachtsfahrzeug. Sowjetische Tiefflieger.

Nach dem Kurzurlaub kam mein Bruder an die Westfront. Von meinem großen Bruder erhielten wir nach langem Warten einen Brief "aus dem nicht weit entfernten Osten". Mein Freund schrieb, die Ausbildung sei beendet, der Einsatz stehe bevor, wo, wisse er nicht.

Anfang Dezember war die Hochzeit von Tante Julies jüngster Tochter. Meine Mutter und ich fuhren nach Kosken. Die Züge, ein Geschütz auf einem Wagendach, verkehrten mit gewohnter Pünktlichkeit. Viele, viele hatten sich eingefunden, an dem Familienfest teilzunehmen. Überwältigende Mengen an Essen, an Köstlichkeiten, wurden aufgetragen. Ein Fest, noch einmal in Kosken ein Fest. Viele Kinder, Fröhlichkeit, Lachen und Scherzen; und wenn man vor die Tür trat, hörte man ununterbrochenes dumpfes Grollen. Als wir Abschied nahmen, fanden wir, wie Tante Julie, keine Worte.

In den Umgehungsstraßen von Königsberg sahen wir mehr und mehr Panjewagen, auf denen Kleinkinder oder ältere Leute eingehüllt saßen. Junge Frauen und Kinder gingen neben den Pferdchen. Aus Weißrussland kämen sie, hörten wir, der Front voran zogen sie westwärts. Viele Königsberger reichten ihnen Brote und Getränke in die Wagen. Heu wurde abgeladen für die mageren kleinen Pferde. Wo in der Stadt Menschen gingen, da standen auf den Bürgersteigen Kinder der wandernden Familien und boten geschnitztes Spielzeug zum Kauf an.

Weihnachten. "6. Kriegsweihnacht", stand es groß auf der Titelseite der Zeitung. Und die Silvesterausgabe verhieß den Sieg im neuen Jahr.

Ein Hausaufsatz für die Weihnachtsferien: "Worin finde ich Trost und Erhebung in schwerer Zeit?" Mein kürzester und mein letzter Aufsatz als Königin Luise-Schülerin.

Am 13. Januar begann, massiv und gewaltig, die sowjetische Offensive. Nach wenigen Tagen war die Rote Armee tief in Ostpreußen eingedrungen.

Die Schule hörte einfach auf, sang- und klanglos. Auf dem Hauptbahnhof herrschte chaotisches Gedränge. Am 21. Januar fuhr der letzte Zug nach Berlin von Königsberg ab. An den Tagen davor hatte ich bei der Bahnhofsmission geholfen: Butterbrote streichen, Kinder beaufsichtigen, wenn erschöpfte Mütter sich kurz ausruhten. Beim Brotestreichen halfen junge Frauen in bräunlichen Uniformen: Angehörige der Wlassow-Armee. Sie waren schön, ich musste sie immer wieder ansehen. Eine sprach Deutsch, sie teilte mir die schreckliche Angst mit, die sie alle hatten.

Im Postamt 5 sah der Mann am Schalter mich kommen und schüttelte den Kopf.

Unsere Nachbarn über uns und aus dem Haus nebenan waren alle weg. Wir wollten weg. Mein Vater war mit seinem Lastwagen dienstverpflichtet. Als niemand mehr ihm Aufträge erteilte, luden wir eine Menge Holz auf den Lastwagen, Bettzeug, Koffer und Rucksäcke und fuhren los. Die verschneiten Straßen hatten tiefe, überfrorene Spuren von Wehrmachtskolonnen. Es war bitterkalt. Unbeschreiblich das Gefühl, als wir Königsberg hinter uns ließen. Plötzlich sahen wir ein paar hundert Meter vor uns Fontänen auf der Straße hochgehen! "Verdammt!" rief mein Vater aus und brachte den Lastwagen zum Stehen. Soldaten in einem entgegenkommenden Fahrzeug winkten hektisch und schrien: "Zurück! Zurück! Granaten!" Den Lastwagen auf der glatten Straße wenden, ein gefahrvolles und quälend langsames Manöver - mein Vater bewältigte es. Wir fuhren Richtung Königsberg. Hinter uns blieb die Straße unter Beschuss. Die Wege nach Westen waren abgeschnitten. Erleichterung, wieder zu Hause zu sein, kam nicht auf.

Wir hörten die Front näher kommen. Am Himmel sahen wir nachts Christbäume, von sowjetischen Flugzeugen als Orientierungshilfe abgesetzt und so genannt wegen ihrer Form und ihrer Lichter. Bomben fielen auf das Hafengebiet. In klirrender Kälte, 20 bis 25 Grad Frost, flüchteten Königsberger aus der Stadt in Richtung Pillau, versuchten, auf irgendeine Weise transportiert, den Ostseehafen und rettende Schiffe zu erreichen. Mein Vater wurde zum Volkssturm eingezogen. Er durfte die Stadt nicht verlassen. Meine Mutter und ich blieben mit ihm.

Am 31. Januar war der Ring um die Stadt weitgehend zu, der Weg nach Pillau versperrt. Königsberg war eingeschlossen und wurde vom Führer zur Festung erklärt. Viele Zehntausende Einwohner befanden sich noch in der Stadt, mehr als hunderttausend, hieß es.

Mein Vater arbeitete an den Verteidigungsanlagen der Festung: Panzergräben ausheben, mit umgekippten Straßenbahnwagen und mit Schienensträngen Panzersperren errichten. Seine Volkssturmeinheit hatte oberhalb des Schlossteichs ein Quartier bezogen, er musste dort bleiben, aber er schaffte es immer wieder, nach Hause zu kommen, wenn auch nur für kurze Zeit.

"Alles sinnlos, was wir da machen," sagte er.

Wasser lief wieder aus der Leitung. Freigelegte alte Trinkbrunnen wurden mit Pumpenleitungen betrieben; die Wassergebiete der Hauptversorgung lagen außerhalb der Stadt und da war der Russe. Frauen wurden aufgerufen, sich zur Ausbildung an der Panzerfaust zu melden. Ich meldete mich auf einem Hauptverbandplatz, der in einem Schulgebäude eingerichtet war. In den Klassenzimmern lagen die Verwundeten in primitiven, übereinander gestellten Betten. Ich fegte Fußböden, sortierte gebrauchtes Verbandmaterial nach wieder Verwendbarem und wickelte es auf. Den Verwundeten beim Waschen zu helfen gehörte auch zu meinen Aufgaben.

Wer aufstehen konnte, überwiegend die aus den oberen Betten, der kam an den Tisch, auf dem die Waschschüssel stand, zu den anderen ging ich mit einem Hocker und der Waschschüssel ans Bett. Das erste Mal, als ich einen Toten im Bett vorfand, war furchtbar.

Das Erdgeschoss war belegt, da war auch der Operationsraum, das erste Stockwerk war zum Teil belegt, und oben, im zweiten, waren verwundete russische Kriegsgefangene. Das Essen holten sie, Wasser zum Waschen nicht, das konnte man im Treppenhaus riechen. Bei längerem Artilleriebeschuss suchten Verwundete die Kellerräume auf, aus eigener Kraft oder unterstützt von Helfern oder Schwestern. Die Russen durften dann auch weiter nach unten kommen, sie mussten sich gegenseitig helfen.

Ich sah auf der Treppe einen jungen russischen Soldaten, wie er sich mit seinem bis oben bandagierten Bein von Stufe zu Stufe quälte. Sein Gesicht war vor Schmerz verzerrt, sein Blick war voller Angst. Wo waren die anderen, die ihm helfen könnten? Es knallte mächtig draußen. Ich setzte mich neben ihn, bedeutete ihm, seinen Arm um meine Schulter zu legen, umfasste ihn mit meinem Arm und rutschte mit ihm Stufe um Stufe hinunter.

Länger anhaltender Artilleriebeschuss war zum Glück nicht so häufig wie die kurzen Salven, die sporadisch in die Stadt hineingefeuert wurden, mal hierhin, mal dorthin. Wenn ich nach Hause ging, näherte ich mich laufend und mit Herzklopfen, nicht nur vom Laufen, einer Straßenbiegung, von der aus unser Haus zu sehen war - stand es noch? Es blieb unbeschädigt.

Wir hatten von dem Luftangriff auf Dresden gehört. Ein Offizier auf dem Hauptverbandplatz kannte Augenzeugenberichte. Noch schlimmer als Königsberg, sagte er. War es vorstellbar?

Die meisten Verwundeten kamen von einer südwestlichen, noch offenen oder immer wieder freigekämpften Stelle der Umklammerung, an der es eine Verbindung zu den weiter südlich kämpfenden Truppen gab. Sie sicherten den Weg zum Frischen Haff für zahllose Flüchtlingstrecks. Das Frische Haff war zugefroren, die Menschen konnten mit Pferdewagen oder zu Fuß über das Eis zur Frischen Nehrung gelangen und auf der Nehrungsstraße in Richtung Danzig weiterflüchten. Auf dem Fluchtweg über das Eis waren die Trecks den Angriffen russischer Tiefflieger ausgesetzt - entsetzlich die heraufbeschworenen Bilder, wie viel entsetzlicher die Wirklichkeit!

Ende Februar gelang es Wehrmachtsverbänden, die Einkesselung zu durchbrechen und den Weg nach Pillau freizukämpfen, Straße und Eisenbahnstrecke. Lazarettzüge brachten Verwundete nach Pillau, und Königsberger nutzten den letzten Fluchtweg aus der Stadt. Mein Vater drängte meine Mutter und mich, die Chance zu ergreifen. Ihm war es nicht erlaubt, das bestimmte unsere Entscheidung zu bleiben. Pillau war voll gestopft mit Flüchtlingen aus allen Teilen Ostpreußens, für die Königsberger musste zwischen Königsberg und Pillau ein Lager eingerichtet werden. Es gab nicht genügend Schiffe. Nur ein Teil der Ausharrenden und Hoffenden konnte auf übervollen Schiffen mitgenommen werden.

Mit einem jungen Verwundeten unterhielt ich mich gern, beim Waschen, aufstehen konnte er nicht, und bevor ich nach Hause ging. Unerschöpflich war unser Gesprächsstoff. Er gehörte zu denen, die nach Pillau transportiert wurden. Ich freute mich mit ihm, aber beim Abschied weinten wir beide.

In den Ruinen tauchten grässliche Plakate auf. Ein bestialisch aussehender Rotarmist mit einem bluttriefenden Messer zwischen den Zähnen, zu Füßen eine nackte Frauenleiche, und die Worte "Rache für Metgethen!" Metgethen, ein Vorort, war von Ende Januar bis Ende Februar in russischer Hand gewesen. Schreckliches hatten die Soldaten dort gesehen und erfahren.

Flugzeuge kreisten über der Stadt, "Nähmaschinen" - so ratterten sie. Aufklärer, wahrscheinlich, sie warfen keine Bomben ab. Die Hauptkampflinie war nahe, aber das Leben hatte sich normalisiert. Strom und Wasser funktionierten, sogar das Telefon ging noch. Leute telefonierten ins Reich, erfuhren wir, nicht immer käme die Verbindung zu Stande, aber manchmal doch. Leider hatte Tante Friedel kein Telefon. Wir hörten von unseren einquartierten Soldaten, es waren drei für ein paar Tage bei uns einquartiert, eine Verschnaufpause, vermutlich, dass das Telefon-Erdkabel nahe der Straße Königsberg-Pillau verlief, weiter als Seekabel, und als das Gebiet wieder in deutscher Hand war, da war in den von den Russen ausgehobenen Gräben das Telefonkabel freigelegt, aber intakt - "Wenn die gewusst hätten, worauf sie da herumtrampelten!"

Lebensmittelkarten wurden ausgegeben, es gab Zuteilungen von Mehl, Fett und, selten, Fleisch, Kartoffeln waren eingekellert, Vorräte an eingewecktem Gemüse und Beerenobst waren im Keller, Bäckereien backten Brot: Es gab genug zu essen. Mitunter sogar Schokolade, Wehrmachtsschokolade in flachen runden Dosen - wenn ein Soldat eine aufmachte und einem daraus anbot, oder Fleischkonserven - wenn man jemanden kannte, der Zutritt zu einem Verpflegungslager hatte. Fleisch war knapp, und wo ein tödlich getroffenes Pferd lag, da fanden sich sogleich viele Leute ein und säbelten Stücke heraus.

Ein unglaubliches, nahezu unfassbares Ereignis war angekündigt, fand statt: ein Konzert im Schauspielhaus. Auf meinem langen Fußmarsch ganz durch die Stadt war ich erfüllt von Erwartung. Voll besetztes Haus, im abgedunkelten Saal unzählige helle Farbflecken: die Verbände der Verwundeten. Das Königsberger Sinfonie-Orchester oder wer von den Mitgliedern und von Mitgliedern anderer ostpreußischer Orchester in der Festung war, mit seinem Dirigenten, Wilhelm Franz Reuß. Das Bewußtsein der Einmaligkeit hatte alle erfasst, Zuhörer und Musiker. Beethovens Fünfte und Schuberts Unvollendete. Ein Hörerlebnis von unvergleichlicher, unbeschreiblicher Eindringlichkeit. Mein langer Weg nach Hause war nicht lang genug.

Speziell gedruckte Postkarten erschienen im März, man konnte sie an Adressaten im Reich schreiben. Die Karten gingen hinaus. Ob Post hereinkam - wir erhielten keine. Im Dezember hatten wir zuletzt Briefe von meinen Brüdern erhalten, von November war der letzte Brief von meinem Freund.

Ich brachte einen Hund nach Hause. In unserer Straße hatte er auf dem Bürgersteig gelegen, und als ich ihn ermunterte, mitzukommen, tat er es - ein schöner großer Hund mit weißem, braungeflecktem Langhaar, an einer Seite war es blutverschmiert. Meine Mutter, zuerst wenig erfreut, half, das verklebte Fell und vorsichtig die Wunde zu säubern. Vielleicht war er angefahren worden. Wir trugen Wundsalbe auf, er ließ sich alles gefallen. Wasser trank er gierig, aber das aus unseren Essensdingen zusammengestellte Futter rührte er nicht an. Er fraß nicht einmal ein Stück von dem Pferdefleisch, das mein Vater mitgebracht hatte. Dann konnte er nicht mehr aufstehen. Wir hatten wieder Soldaten bei uns einquartiert, ich bat einen Soldaten, den Hund zu erschießen. In einer Ecke des Hofs begruben wir ihn.

Die Soldaten in der Festung Königsberg sahen sich als Himmelfahrtskommando.

"Kinder, genießt den Krieg, der Frieden wird schrecklich."

Als ich das zum ersten Mal von einem Soldaten hörte, muss ich ihn wohl ungläubig angesehen haben, denn er fügte hinzu:

"Die Festungsparole, Mädchen, die Festungsparole. Noch nicht gehört?"

Es wurde gefeiert und nicht gefragt, was man feierte, es wurde getanzt. Einmal war ich dabei beim Tanz auf dem Vulkan, von Bekannten eingeladen, es fehlte noch eine Tanzpartnerin. Und so ansteckend fröhlich war die Stimmung, dass ich die von meiner Mutter festgesetzte Zeit weit überschritt. Nicht noch einmal, sagte sie. Wie wahr! Es war Ende März.

Vorgeschobene Beobachter berichteten von den Massen an Truppen und Material, die zum Angriff auf Königsberg bereitständen. Lächerlich dagegen, was sich an Verteidigern und Waffen in der Stadt befände. Aber Einwohner: noch immer viele Zehntausende, in der Mehrzahl Frauen jeden Alters, Kinder.

"Der Lasch wird doch hoffentlich nicht an Verteidigung denken, kampflose Übergabe, das einzig Richtige," sagte mein Vater, er war zu einem selten gewordenen kurzen Aufenthalt gekommen.

General Lasch, Kommandant der Festung Königsberg. Würde er die Festung kampflos übergeben? Es war nach wie vor äußerst gefährlich, außerhalb der eigenen vier Wände von kampfloser Übergabe zu sprechen.

Der Stabsarzt sagte zu mir, ich sollte nicht mehr kommen. Er umarmte mich kurz und wandte sich ab. Der Abschied von den Schwestern, den Sanitätern – Worte fanden wir nicht. Es war Anfang April.

Die Engländer und die Amerikaner kamen auf Reichsgebiet ostwärts voran, die Rote Armee war weit nach Westen vorgedrungen. Östlich der Oder waren es nur noch zwei Städte, zwei Festungen, die sie noch nicht eingenommen hatte: Breslau und Königsberg.

Am Morgen des 6. April war der Himmel frühlingsblau. Flugzeuge glitzerten silberhell vor der aufsteigenden Sonne, rasch anschwellendes Geschützfeuer -

"Ins Haus und in den Keller, schnell!" rief meine Mutter.

Donnernde Artillerie, das Geheul der Stalinorgel! In der Wochenschau hatte ich ihre fürchterlichen Feuerstöße gesehen und ihr entsetzliches Gejaule gehört und war immer kleiner geworden im Kinositz. Wie viel furchtbarer, sie von draußen durch die Hauswand zu hören! Heulendes, dröhnendes Getöse, den ganzen Tag!

In der Nacht schliefen wir, wenig, auf Feldbetten im Luftschutzkeller. Am Morgen setzte es wieder ein, hielt tagsüber an - Gejaule, Donnern, Krachen! Am Morgen des 8. April war es still, blieb es still. Mein Vater in der Stadt - wie hatte er die beiden Tage überstanden? War sein Quartier getroffen worden? War er verwundet?

"Ich fahre kurz zum Papa."

"Du bist verrückt!"

"Aber es ist doch alles ruhig! Ich seh' nur schnell wie es ihm geht und komm' sofort zurück."

Ich nahm mein Rad und fuhr. Die Granaten waren jedenfalls nicht in unserer Straße eingeschlagen. Das Mauerwerk von Ruinen hatte sich über eine Straße ergossen, ich musste einen Umweg machen. Stromkabel lagen auf Fahrbahnen, Masten waren umgestürzt. Kein Mensch zu sehen. Blauer Himmel, Stille. Eine Geisterstadt. Das Quartier meines Vaters stand, er war unversehrt, aber entsetzt, mich zu sehen. Es machte ihn sprachlos.

"Musst du denn noch hier bleiben?"

Er sagte nichts.

"Wir müssen die Stellung hier halten," sagte einer der Männer und lachte kurz.

"Hier geht keiner weg!" sagte barsch einer in Uniform.

Mein Vater kam mit mir nach draußen, umarmte mich.

"Auf Wiedersehen!" sagte ich.

Er nickte wortlos. Ich fuhr los, drehte mich nicht um. Jenseits der Ruinen der Innenstadt stiegen Rauchsäulen in den blauen Himmel. Noch immer war ich anscheinend der einzige Mensch unterwegs. Meine Stadt in unheimlicher Ruhe. Ruhe vor dem Sturm. Ich kam zum Friedländer Tor, im Torbogen sah ich Soldaten. Einer kam heraus, hielt mich an, ich sollte ihm zum Tor folgen. Es waren wenige Soldaten, und eine Panzerabwehrkanone. Der Unteroffizier musterte mich. Was, zum Teufel, mir einfiele, wo, zum Teufel nochmal, ich hinwollte.

"Nach Hause."

"Wo ist das?"

"Nicht weit von hier, nur ein Stück die Straße entlang," ich zeigte in die Richtung.

"Da ist schon der Russe," sagte einer.

"Das glaube ich nicht," erwiderte ich und stieg auf mein Rad.

Ich kam gut zu Hause an, Stunden vor der Roten Armee.

II

70. Geburtstag, 1998, in Bissendorf. Als könnte es nicht anders sein: ein strahlender Maientag. Wieder wird im Garten gefeiert, im Baumschatten, und im munteren Kreis ist auch mein Brieffreund aus Kaliningrad. Es ist sein erster Besuch bei uns, aber es ist nicht unsere erste Begegnung. Spannende Ungewissheit hing über seinem Kommen bis zuletzt: Eineinhalb Stunden vor Antritt der gebuchten Fahrt hat er sein Visum erhalten... Nur gut, dass Telefongespräche nach und von Kaliningrad nun die Segnungen des Selbstwähldienstes erfahren, während auf dem Postweg anscheinend immer noch zu selten die Pferde gewechselt werden.

Er hat eine Flasche Wodka mitgebracht, Kaliningrader Produktion. Auf dem Etikett prangt ein Abbild des Doms, die Westfassade mit den Türmen, der höhere komplett mit Uhr und Turmhaube: sichtbare Zeichen des fortschreitenden Wieder-aufbaus. Und es seien noch mehr Fortschritte zu sehen, sagt mein Freund.

"Maienzeit bannet Leid, Fröhlichkeit ist gebreit'..."

1996 war ich in Kaliningrad zu einer Jubiläumsfeier der Königin Luise-Schule, 185. Wiederkehr des Gründungsjahres 1811. Im wiederhergerichteten Schulgebäude wurde gefeiert, in und mit der russischen Schule - eine außergewöhnliche Begebenheit. Vorausgegangen war der seit 1991 bestehende Kontakt von ehemaligen Königin Luise-Schülerinnen zur russischen Schule, ein mit Hilfsaktionen lebendig und tatkräftig untermauerter Kontakt.

Mit 58 Ehemaligen, lauter frohgemuten Old Girls, im Gebäude unserer Schule: quirliges Leben, wie damals, imposante Innenarchitektur, auch wie damals, nur war sie uns damals nicht so aufgefallen. Schülerinnen und Schüler, Lehrerinnen und Lehrer der neuen Schule und ehemalige Schülerinnen der alten Schule gestalteten die bewegende, aber auch heitere Feier, mit der wir gemeinsam der Gründung der Königin Luise-Schule vor 185 Jahren gedachten - ein überwältigendes Erlebnis.

Und der Dom: neues Portal, restaurierte Turmzimmer. Gleich hinter dem Dom, wo die Alte Universität gestanden hatte, liegt ein mächtiger Stein, ein Findling, mit russischer und deutscher Inschrift: "Hier stand das Gebäude, in dem am 17. August 1544 die Königsberger Universität Albertina eingeweiht wurde."

Jubiläumsfeier, Besichtigungen und, nach fünf Jahren, nach 1991, ein Wiedersehen mit meinem Freund. Es schien uns nicht so lange her zu sein, dass wir bei Tee miteinander gesprochen haben, auch bei Sowjetskoje Schampanskoje - so heißt der immer noch.

1987 hatte unser Briefwechsel begonnen, und es war frappierend, mittels der Briefe aus Kaliningrad verfolgen zu können, wie Glasnost und Perestroika das Tabu aufhoben, mit dem die deutsche Vergangenheit der Stadt belegt gewesen war. Das Königsberger Stadtwappen zierte Kaliningrader Broschüren, die ich von meinem Brieffreund erhielt. Er schrieb von der Rückbenennung zweier Straßen, Wagnerstraße, Brahmsstraße, dann auch Besselstraße, von der Anbringung einer Gedenktafel zu Ehren des Königsberger Astronomen

Friedrich Wilhelm Bessel in der Straße, die dessen Namen trägt, und er schickte mir die von einem Professor der Universität Kaliningrad verfasste Bessel-Biographie. Russisch, natürlich, vom persönlichen Teil konnte ich manches verstehen, vom wissenschaftlichen nichts, der Teil hätte auch auf Deutsch seine Schwierigkeiten. Ich schrieb meinem Brieffreund von meinen Assoziationen mit dem Namen des Astronomen in meiner Königsberger Zeit: Die der Königin Luise-Schule benachbarte Jungenschule hieß Bessel-Schule.

In den Sommerferien 1989 war ich zweieinhalb Wochen in Moskau. Ein Reiseangebot mit Sprachunterricht: Moskau hatte ich seit langem besuchen wollen, und vielleicht, dachte ich, könnte ich meinen verkümmerten russischen Wortschatz etwas wiederbeleben. Als die Bestätigung meiner Anmeldung endlich eingetroffen war, reichte die Zeit nicht mehr, meinen Brieffreund auf dem Postweg über meine Reise zu informieren. Ich hatte seine Telefonnummer.

Ein unbeschreibliches Gefühl - ein Telefongespräch nach Kaliningrad, als wäre es die natürlichste Sache der Welt. Oder doch nicht so natürlich. Ich rief das Auslandsfernamt an, die Vermittlerin fragte, was sie für mich tun könnte.

"Ich möchte ein Gespräch nach Kaliningrad, UdSSR, anmelden."

"Kaliningrad, Ka-li-nin-grad, ja? Ist das im westlichen oder im östlichen Teil der Sowjetunion?"

"Im westlichen Teil, es ist das frühere Königsberg."

"Ich will nicht wissen, was es früher war, sondern wo es ist. Gehört es zur Litauischen Republik oder zur Lettischen oder Estnischen?"

"Es gehört zur Russischen Republik."

"Russisch ist alles!"

"Aber es gibt die Russische Republik und Kaliningrad gehört zur Russischen Republik."

"Zur Russischen?" Skeptisch. "Aber wo da?"

"Im äußersten Westen der Russischen Republik, im früheren Ostpreußen."

"Früher interessiert nicht. Also, Sie sagen, Russische Republik, wir werden sehen."

Nach fünf Stunden kam die Verbindung zu Stande. Die zweifache Überraschung, der erste Anruf und dessen Inhalt, war gelungen.

Eine Überraschung war auch Moskau mit seinen unvergleichlichen Sehenswürdigkeiten, mit der unerwarteten romantischen Stimmung auf dem Roten Platz, wenn der Mond kugelrund über der Basilius Kathedrale leuchtete, und mit seinen freundlichen Menschen. Sie waren aufgeschlossen, hilfsbereit und geduldig, und das trotz aller Schwierigkeiten ihres Alltags.

"Früher," sagte unser Lehrer, "durften wir nichts sagen und konnten allerlei kaufen, heute dürfen wir alles sagen und können nichts kaufen."

Unterricht war im Hotel, vormittags. Vom Hotel rief ich, wie verabredet, in Kaliningrad an. Selbstwähldienst im Inland, Gespräche in die Bundesrepublik hatten die gleichen langen Wartezeiten wie die von dort. Mein Anruf in Kaliningrad bescherte mir die größte Überraschung: Mein Brieffreund nannte mir seine Ankunftszeit in Moskau!

Ich holte ihn vom Inlandflughafen ab. Die erste Begegnung nach zweijährigem Gedankenaustausch - wir waren vertraut wie alte Freunde. Lange Gespräche, über die Stadt, K., und über weit mehr. Unsere so unterschiedlichen Bindungen an die Stadt mögen unserer Freundschaft zu Grunde liegen, ihr alleiniger Inhalt sind sie nicht. Und wo hatte er die Flasche ins Meer geworfen?

"Nicht weit von New York," sagte er und lächelte.

1989 - Tausende, Zehntausende kehrten der DDR den Rücken, rasante Entwicklung, atemberaubendes Geschehen: "Wir sind das Volk!" "Wir sind ein Volk!" Und dann die Nacht aller Nächte, die Nacht, in der die Mauer fiel, die Nacht des 9. November. Wir weinten und weinten - wann hat ein glückliches Ereignis je so viele Tränen ausgelöst?

Ulrich kam von Meißen mit dem Auto, ein Abstecher zu uns auf der Fahrt zu anderen Freunden, eine ganz normale Sache.

Die Anmeldung eines Telefongesprächs nach Kaliningrad war keine normale Sache. Beim zweiten, beim dritten Mal kam es zu einem ähnlichen Dialog wie bei der ersten Anmeldung. Ich dachte schon, ich sollte in einem Brief an das Auslandsfernamt um die Vermittlung etwas genauerer Information an die Vermittler bitten, aber dann meldete ich zum vierten Mal ein Gespräch an und hörte:

"Ah, Kaliningrad, ehemals Königsberg."

1990, im März, als mein Mann und ich eine Woche in Leningrad waren, reiste auch mein Freund an, seine Tochter wohnt dort mit Mann und Sohn. Liebenswerte junge Menschen, in ihrer Wohnung verbrachten wir Abende. Wie mein Freund sprechen auch sie viel besser Englisch als ich Russisch; meine Sprachpraxis blieb auf Busfahrer oder Kellner beschränkt. Von meinem Freund hörten wir mehr über jene in Jersey an den Strand gespülte Flasche, ohne die... Es war eine gewöhnliche Weinflasche, den Korken hatte er mit Klebstoff hineingepresst. Sie war eine von etwa 100 Flaschen, die er im Laufe vieler Jahre auf Forschungsfahrten ins Meer geworfen hatte. Mitteilungen hat er erhalten aus Japan, Hawaii, Kanada, USA, Mexiko, Brasilien, Argentinien, Jersey. Etwa ein Jahr lang wäre sie unterwegs gewesen von New York nach Jersey. Mein Mann schüttelte den Kopf: "Die Felsen vor Jerseys Küsten!" Strömungen ließen sich kaum danach berechnen, sagte mein Freund auf die Frage, man wüsste zwar Start und Ankunft der Flasche, doch nicht ihren Weg. Der wissenschaftliche Wert sei gering, aber, er lächelte, es sei ein interessantes Experiment.

Selten hatten wir eine anregendere Woche gehabt - die Fülle an Eindrücken tagsüber und dann die lebhaften Gespräche bis zur letzten Metro.

Für Sowjetbürger waren Besuchsreisen ins westliche Ausland möglich geworden. Er würde irgendwann einmal kommen, hatte mein Freund gesagt. Die jungen Leningrader nahmen unsere Einladung an. Ein papierreiches Verfahren, und dann verbrachten wir mit ihnen eine äußerst kurzweilige Zeit. Die Rückfahrt machten sie mit ihrem erworbenen Gebrauchtwagen, auf der Herfahrt hatte meine Königsberger Schulfreundin Jutta in Berlin sie vom Ostberliner Flughafen zum Westberliner Bahnhof geleitet.

Die Mauer des Schweigens um Kaliningrad bröckelte: Es erschienen mehr und mehr Bücher mit Bildmaterial, es gab Fernsehsendungen über die Stadt. Im Sommer 1990 bot ein Reiseveranstalter eine Reise nach Memel an mit Tagesausflügen nach Königsberg. Die erste Möglichkeit, Königsberg wiederzusehen - ich war dabei, zwei Wochen buchte ich. Memel, Klaipeda, in der Litauischen Republik der Sowjetunion, war seit dem Vorjahr für Touristen aus dem Westen zugänglich. In Memel erwies es sich, dass der Reiseveranstalter die Situation zu optimistisch eingeschätzt hatte: kein Visum für westliche Besucher Kaliningrads.

Zum Programm einer Woche gehörte ein Tagesausflug auf die Kurische Nehrung, nach Nidden. Unmittelbar dahinter war die Nehrung Territorium der Russischen Republik. Mit Freude sah ich Nidden wieder, den malerischen Ort am Haff. Die Hohe Düne bei Nidden: Ich stieg hinauf - die Dünenlandschaft breitete sich vor mir aus in aller unvergessenen Schönheit. Und ich erlebte, wie 1944 mit Eva, den opalenen Tag, das opalene Licht über dem Haff.

Ich genoss den Ostseestrand von Memel: breit und scheinbar endlos lang, der Sand fein und hell, die See ein blinkender Spiegel, der Himmel unglaublich weit. Der Weg führte an einem Busparkplatz vorbei. Als ich die Namen der Zielorte auf den Bussen studierte, las ich auf einem "Kaliningrad". Der

Fahrer hatte ein freundliches Gesicht. Meinen kargen russischen Wortschatz aktivierend, fragte ich ihn, ob ich, eine Deutsche, in dem Bus mitfahren dürfte. Warum nicht, erwiderte er, sofern ich das Ticket bezahlte. Er lachte. Der Fahrer eines anderen Busses war hinzugekommen. Wahrscheinlich hätte ich früher in Königsberg gelebt, sagte er. Als ich das bestätigte, wiegte er den Kopf und meinte, ich würde die Stadt nicht wiedererkennen, die Struktur wäre total verändert. Ich fragte, wie es mit der Kontrolle auf der Fahrt sei, ob man Ausweise vorzeigen müsse. Der Kaliningrad-Fahrer machte eine wegwerfende Handbewegung - Kontrolle, aber nicht schlimm, ich würde bestimmt mitfahren können. Er gab mir die Abfahrtszeiten für den folgenden Tag, auch die ab Kaliningrad.

Am Morgen stellte ich mich pünktlich ein. Der Bus kam, ein anderer Fahrer, leider. Ich erstand mein Ticket und setzte mich hinten ans Fenster. Der Bus füllte sich. Neben mir saß eine junge Frau, die mir freundlich zulächelte. Der Bus fuhr los. Nach Kaliningrad! Nach Königsberg! Über die Kurische Nehrung! Wir befanden uns noch in der Litauischen Republik, als der Bus hielt und ein Uniformierter zustieg. Der Bus fuhr an - der Uniformierte ließ sich Ausweise zeigen! Ich sah, dass jeder mit dem Pass noch ein Papier in der Hand hielt. Auf meine Frage sagte meine Nachbarin, es sei das Propusk, der Passierschein für die Fahrt von der Litauischen Republik in die Russische Republik. Oho!

Es dauerte eine Weile, bis der Kontrolleur die hinteren Plätze erreichte.

"Propusk," sagte er und streckte die Hand aus.

"Ich habe keins."

"Ihren Pass, bitte."

"Meinen Pass hat das Hotel in Klaipeda. Ich bin Touristin aus Deutschland."

"Aus der Bundesrepublik?"

"Ja."

"Und Sie wollen nach Kaliningrad?"

"Ja, und heute wieder zurück."

"Warum wollen Sie nach Kaliningrad?"

"Ich habe früher in Königsberg gelebt."

"Es ist verboten, Sie müssen aussteigen."

Von den bis dahin schweigenden Fahrgästen hörte ich Gemurmel, und ich sah Kopfschütteln - über meine Unverfrorenheit? Nein, sie taten ihr Bedauern kund, dass ich nicht weiterfahren durfte. Manche wandten sich an den Kontrolleur, aber - es ist verboten. Der Bus hielt, planmäßiges Aussteigen des Kontrolleurs und mein außerplanmäßiges. Meine Nachbarin im Bus klopfte ans Fenster, sie hob bedauernd die Schultern, winkte, und andere winkten, als der Bus anfuhr.

"Verboten," sagte der Kontrolleur noch einmal, aber er lächelte, einen Fall für die Miliz würde es also nicht geben. Als ein Auto aus der Gegenrichtung zur Kontrolle anhielt, sagte er den Insassen, einem Mann und einer Frau, sie sollten mich nach Klaipeda mitnehmen. Er sagte auch kurz etwas über meine Bus-Eskapade. Als wir fuhren, lachte der Mann am Steuer. Unglaublich, sagte er, ohne Propusk im Bus! Er schlug sich lachend auf den Schenkel.

"Aber Sie hatten ja Ihren Pass," sagte die Frau.

"Nein, den hatte ich nicht, den hat das Hotel."

Da konnten sie beide gar nicht mehr aufhören zu lachen, bis Memel, bis ich ausstieg, und sie lachten, als sie anfuhren.

In Memel eröffnete sich die Möglichkeit, im Pkw nach Königsberg zu gelangen. Eine kleine Anzahl litauischer Autobesitzer war gegen ein Honorar in D-Mark zu der Fahrt bereit. Dass ihre Fahrgäste, alte Königsberger, weder ein Visum hatten noch ihren Pass, den rückte das Hotel nicht heraus, schien sie wenig zu bekümmern. Mein Fahrer arbeitete als Traktorfahrer auf einer Sowchose, einem Staatsgut. Er war zu der Zeit ohne Arbeit, weil der Dieselkraftstoff ausgegangen war. Er fuhr einen Mercedes Diesel.

Unterwegs nach Königsberg. Das Bild der Landschaft, vertraut in ihrer Weite, fremd in der Nutzung der Felder, oder der fehlenden Nutzung - sieht so Steppe aus? -, der Anblick der Dörfer, der kleinen Städte mit alten, nun unendlich alt aussehenden Häusern, mit Grünanlagen um den Panzer als Siegesdenkmal, mit schmucklosen Neubauten - ich nahm alles wahr, doch erfüllt war ich von angespanntem Warten auf Königsberg. "Kaliningrad", war es in riesigen, betongegossenen kyrillischen Buchstaben eingangs der Randbezirke zu lesen. Backsteinbauten, alte Wohnhäuser, dann Reihen von grauen Wohnblocks. Fremdartig erschien von weitem die Domruine. Wir hielten nahe der Dominsel. Mein Fahrer bot mir seine Begleitung an, ich dankte ihm, aber ich würde mich bestimmt allein zurechtfinden. Wir vereinbarten den Zeitpunkt für die Rückfahrt ab gleicher Stelle.

Mein Freund befand sich nicht in der Stadt, er war auf einer mehrwöchigen Forschungsfahrt. Ich brauchte nicht zu befürchten, ihn durch meinen illegalen Aufenthalt in Verlegenheit zu bringen, hätte ihn aus dem Grunde auch nicht aufgesucht, sagte ich mir und begrüßte es, nicht entscheiden zu müssen.

Spurensuche - was suchte ich? Das Haus, in dem wir bis Mai 1945 gewohnt hatten, war mir in den nachfolgenden drei Jahren entfremdet worden; ich spürte kein Verlangen, es zu sehen. Und unsere Behausungen bis 1948, die Schuppen, Ruinenkeller, Baracken - es war gut, dass es sie nicht mehr gab.

Ich hatte es gewusst, dass auf der Dominsel nur noch die Domruine steht und dass eine sterile Hochstraße am leer gefegten Kneiphof entlangführt - es zu sehen, war etwas völlig anderes als durch Wort oder Bild davon zu wissen. Von der Hochstraße, die in ihrem Verlauf ehemals reizvolle Höhenunterschiede planiert, blickte ich auf das stille blaue Band des Pregels. Unwahrscheinlich blau: Der wolkenlose Himmel spiegelte sich auf seiner ungebrochenen Wasserfläche.

Kein Kahn, kein Schiff, keine sich öffnende Brücke. Wo das Speicherviertel gewesen war, beherrschte ein ausgedehntes Gebäude die Szenerie der Wohnblocks, ein Sportpalast, wie ich von einer Ansichtskarte wusste. Stufen führten von der Hochstraße hinunter auf die Dominsel. Reihen von begrünten zementierten Mustern, viele junge Bäume. Ein breiter Weg zur Domruine. Die monumentale Westfassade, die gekappten Türme - ich sah hoch mit brennenden Augen.

Eine Ruine, doch ein gewaltiges Bauwerk. Ich ging ganz herum. Das Kantgrabmal hatte frische Blumen. Ich fragte mich, ob Ehrfurcht vor Kant die Domruine davor bewahrt hatte, gesprengt zu werden, wie das mit der Schlossruine geschehen war.

"Noch so ein hohler Zahn, den ihr der Stadt ziehen müsst!" hatte Breschnew gesagt, als er im Vorbeifahren die Domruine sah; von meinem Freund hatte ich es gehört.

Ein schmerzendes Wiedersehen. Ich konnte es mit meinem Mann teilen, in nächtlichen Telefongesprächen. Die Telefonnummer hatte ich ihm am Ankunftstag per Telegramm mitgeteilt. Als ich an dem Tag, einem Sonnabend, im Hotel ein Gespräch anmelden wollte, wurde ich gefragt, ob für Dienstag oder für Mittwoch, nur an den beiden Wochentagen würde ihnen von Moskau eine ausgehende internationale Leitung geschaltet.

Ich engagierte noch einmal einen Autobesitzer, ich wollte mehr von Kaliningrad sehen, der neuen Stadt. Nicht nur die Monotonie sowjetischer Städtebauarchitektur prägt ihr Bild. Das alte Stadtbild wurde ausgelöscht mit der Umkehrung historischer Gegebenheiten. Früher ein Labyrinth von Straßen und Gassen: der Kneiphof, die Dominsel, heute, bis auf den Dom, ein unbebauter Platz; früher ein eleganter, großzügiger Platz mit weiten Rasenflächen und Promenadenwegen vor der Neuen Universität, mit enorm breiter Fahrbahn: der Paradeplatz, heute hat das wiederaufgebaute Universitätsgebäude eine geringe Vorfläche, an die sich verschachtelt stehende Wohnblocks anschließen bis zur gegenüberliegenden Seite. Der unwissende Betrachter kann die einstige Weiträumigkeit nicht einmal erahnen.

Ich sah meine Schule, instand gesetzt, mit schön restaurierter Fassade, und wieder eine Schule, wie das Schild besagte. Ich blieb, abseits, eine Weile stehen, vielleicht würde ich Kinder herauskommen sehen - bis mir einfiel, es war August, Sommerferienzeit.

Ich hatte meine Kamera mit. Das prächtige Sommerwetter hielt an, der Himmel und der Pregel waren immer noch blau. Als ich, ganz zufällig, zu einem Markt kam und die in der Sonne leuchtenden Farben der Tomaten, Paprika, Melonen sah und die vielen Menschen, viele faszinierende Gesichter, machte ich ein paar Aufnahmen. Plötzlich stand eine jüngere Frau in weißem Arbeitsmantel neben mir und fragte streng, warum ich da fotografierte. Ich machte eine ausladende Handbewegung und sagte das, was ich auf Russisch sagen konnte:

"Weil mir dies alles hier gefällt."

"Es gefällt Ihnen! Es ist verboten in unserer Stadt zu fotografieren!"

"Ich wusste nicht..."

"Jetzt wissen Sie! Hören Sie sofort damit auf!"

"O.K."

Eine unbedachte Reaktion - anstatt auf Russisch "gut" oder "ja" zu sagen oder auch nur zu nicken! Ich steckte die Kamera in die Tasche und ging langsam weiter. Die Dame blieb hinter mir zurück, sandte mir aber einen aufgebrachten Redeschwall nach, von dem ich zwei Worte verstand: "...amerikanische Ziege!"

Zum Glück war kein Milizionär in Sicht. Meinem Fahrer, den ich zur Rückfahrt traf, sagte ich nichts davon, es hätte ihn möglicherweise nachträglich, also unnötig, beunruhigt. Er schlug vor, im Hotel Kaliningrad - nahe dem Areal, wo das Schloss gestanden hatte - etwas zu essen. Im Speisesaal sollte ich kein deutsches Wort von mir geben. Wir unterhielten uns in einem deutsch-russischen Sprachgemisch - aber nicht im Hotel

Kaliningrad! Er hatte mir erzählt, dass er wegen politischer Unzuverlässigkeit seinen ursprünglichen akademischen Beruf nicht ausüben durfte. Ich erfuhr von ihm viel von den Nöten der Menschen in Litauen, und von ihren Hoffnungen.

"Wenn einer eine Reise tut..." - mein Erzählen zu Hause war endlos. Ich schickte meinem Freund Fotos von Kaliningrad und von der Kurischen Nehrung. Sie eröffneten ihm einen neuen Blick, schrieb er, und dass er - der früher geschrieben hatte, er wünschte, ich würde die Stadt nie sehen - erleichtert sei, dass new K. mir nicht länger unbekannt war.

1991 - ein besonderes Jahr für Königsberger, für alle aus Nordostpreußen: Kaliningrad und das Kaliningrader Gebiet nach 46 Jahren für westliche Besucher oder Touristen geöffnet! Reiseveranstalter boten Pauschalreisen an, vorwiegend Busreisen mit zweitägiger Anfahrt über Warschau. Viele machten sich auf, nach den Jahrzehnten mit schwindender oder aufgegebener Hoffnung ihre Heimat wiederzusehen.

Und 1991 nahm ich Abschied vom Schuldienst, von der Gesamtschule, der ich viele Jahre, seit ihren Anfängen, zugehörte und an der ich mich wohlgefühlt habe, unter der Vielzahl von Schülern wie im großen Kollegium. Eine aparte Brosche schenkten meine Kollegen mir zum Abschied, meine Vorliebe für Broschen war bekannt. In meinen Klassen waren meine wechselnden Exemplare aufmerksam registriert worden. In einem Jahr war am ersten Schultag nach den Sommerferien ein Schüler zu mir gekommen: Er sei in Schweden gewesen, sagte er, und in einem Ort, am Straßenrand, hätten Studenten Schmuckstücke aus Silberdraht nach den Wünschen der Kunden gefertigt, und da habe er eine Brosche für mich machen lassen. Er gab sie mir, sie sah aus wie eine silberne Girlande. Ich war perplex und dankte ihm. Er ging, ich setzte meine Lesebrille auf. Was ich als Girlandenbogen gesehen hatte, waren Buchstaben. Sie formten das Wort "Broschenqueen".

Ich war also Pensionsempfänger, und da mein verhältnismäßig später Anfang als Lehrerin und die Jahre in Jersey sich auf meine Pension auswirkten, füllte ich erwartungsvoll meinen Antrag auf Angestelltenrente ab 65 aus. Ich hatte von 1948 bis 1953 die fünf Mindestjahre für die Angestelltenrente erfüllt, beim Engländer, sprich: Besatzungsmacht. Sie war zu der Zeit in Orten, wo es Garnisonen gab, Arbeitgeber für viele. Meine erste Stelle war bei der NAAFI, der Versorgungsorganisation, aber die zuständige Manageress war mit mir nicht zufrieden und feuerte mich nach wenigen Wochen. Ich bekam sogleich eine neue Stelle bei der Bauplanungs-Einheit auf einem Flughafen der Royal Air Force. Mit Englisch kam ich gut zurecht, meine Brüder hatten mir einen Sprachkurs finanziert und englische Kriminalromane vermehrten meinen Wortschatz.

Zu der Zeit, 1949, Wiedersehen mit Tante Julie. Lachen und Weinen. Mit Tochter und Schwiegersohn hatte sie im Westen ein bescheidenes Zuhause. Ihre beiden Söhne waren im Krieg gefallen. Den älteren hatte ich kaum gekannt, aber Hermann, meinen lustigen Vetter Hermann. In den Nachkriegswirren war eine Tochter von Tante Julie umgekommen. Zwei Töchter waren Kriegerwitwen.

Wiedersehen mit Tante Friedel. Ihr Wohnsitz im Westen hatte sich für uns als ruhender Pol erwiesen.

1950 bekamen meine Eltern und ich eine Wohnung. Mein Verdienst half, die Möbel abzuzahlen. Vom Leben während der drei Nachkriegsjahre in Königsberg hatten wir im Familienkreis erzählt, aber sonst mochten wir über jene Zeit nicht sprechen. Wenn jemand mich danach fragte, wich ich aus oder ich schwieg. Weder das eine noch das andere konnte ich tun, als ich von zwei fremden britischen Offizieren befragt wurde. Ich wäre nach 1945 in Königsberg gewesen, was ich dort getan hätte - gearbeitet; welche Art von Arbeit, oder Arbeiten - ich zählte sie auf; genauer! - ich beschrieb sie; ich wäre für den Nachrichtendienst ausgebildet worden - nein, natürlich nicht; was sowjetische Dienststellen mir mitgegeben hätten, als ich Königsberg verließ - gar nichts; welche Kontakte ich in der Britischen Besatzungszone aufnehmen sollte - gar keine. Pause. Ich würde reiten, wie könnte ich mir das leisten? Das war es also! Ich zahlte einmal, manchmal zweimal im Monat 5 Mark, viel Geld, für eine Reitstunde. Reiten, der Sport der Reichen, da konnte eine kleine Angestellte - auch noch Flüchtling! - das Geld dafür doch nur aus unlauteren Quellen haben, und wenn sie mit den Sowjets in Berührung gewesen war und nun beim Engländer arbeitete, auf einem Flughafen... Da hatte ein aufmerksamer Zeitgenosse den entsprechenden Stellen wohl einen Tipp gegeben. Ich hatte meinen Gedankengang gesprochen. Nach kurzem Schweigen sprachen die Offiziere halblaut miteinander, fragten mich dann nach meiner Familie, meinem gegenwärtigen Leben - der Ausklang des "Verhörs". Es endete, und nichts folgte ihm. Nur "Good morning, Mata Hari," hörte ich noch eine Weile.

1952 heiratete ich. Mein Mann war viele Jahre älter als ich. Im Umgang mit jungen Männern war ich ziemlich verklemmt gewesen, vielleicht neurotisch. 1945 war ich von Soldaten der Roten Armee vergewaltigt worden, mit unzähligen Frauen und Mädchen teilte ich das schreckliche Erleben. Es wirkte nach bis ich bei meinem Mann liebevolle Geborgenheit fand. Er war Ostpreuße und er liebte Pferde. Geld hatten wir nicht, ich arbeitete weiter, und wir waren glücklich. Nur eineinhalb Jahre lang, er starb plötzlich, vor der Geburt meiner Töchter. Mein Bruder hatte mir die Todesnachricht überbracht und blieb mein Beistand.

1955, Pfingsten, kamen in Duisburg, der Patenstadt von Königsberg, viele Königsberger zur 700-Jahr-Feier ihrer Stadt zusammen. Schulen hatten Treffpunkte, ich sah eine Hand voll meiner Mitschülerinnen wieder. Mit ihrer Hilfe konnte ich meine drei Schulfreundinnen ausfindig machen: Helga im Westen, Eva und Jutta in Ostberlin.

1956 begann ich das Studium zum Lehrerberuf. Drei Studienjahre, vor Bafög, geschafft mit Hilfe der Eltern, der Brüder, mit Nachhilfeunterricht, Ferienarbeit bei der Post, allsemesterlichem Blutspenden - es wurde bezahlt -, mit Anhalterfahrten vom Studien- zum Wohnort, und umgekehrt, an den Wochenenden und mit dosiertem Essen - man konnte sich ein Viertelpfund Margarine abwiegen lassen. Gegenüber der Hochschule war "Die Brücke", englischsprachige Bibliothek... Nur zweimal verbrachte ich das Wochenende am Studienort. Das zweite Mal war es vor dem Examen; das erste Mal, als ich auf Wunsch eines Professors in einer städtischen Feierstunde zum Volkstrauertag ein Gedicht, Ingeborg Bachmann, vortrug. Einige Monate danach fand die medizinische Untersuchung zur Lehrereinstellung statt. Ich stand mit entblößtem Oberkörper vor dem Arzt. "Ach," sagte er, "Sie waren das mit dem Gedichtvortrag damals."

Mein Vater hatte in den Neuanfangsjahren daran gedacht, wieder selbständig zu werden als Fuhrunternehmer, aber als ein Entschädigungsanteil aus dem Lastenausgleich zur Auszahlung kam, war er schon Rentner. In den Jahren davor fuhr er eine Dampfwalze. Mit einem geschlossenen Anhänger im Schlepptau, sein Wohn- und Schlafbereich, tuckerte er mit Tempo 3 zu den Straßen des Kreises, die herzurichten waren, blieb dort einige Tage bis zur Fertigstellung und tuckerte zurück. Viele kannten ihn und alle mochten ihn, den Walzen-Karl.

1959, in meinen ersten Sommerferien als Lehrerin, fuhr ich mit meinen dann fünfjährigen Töchtern nach England zu meinen Freunden seit dem kurzen Studienaufenthalt im Vorjahr. Ein Ehepaar, Mr. und Mrs. P., zwei erwachsene Kinder und Zwillingsmädchen, die noch zur Schule gingen. Da wäre sie aber besonders froh, dass ich bei ihnen wohnte, hatte Mrs. P. gesagt, als sie hörte, dass ich auch Zwillingstöchter habe. Das College, mit dem die Hochschule den Austausch durchführte, hatte eine andere Unterbringung für mich vorgesehen: Eine Lehrerin würde mich beherbergen. Sie war erkrankt, und eine Dozentin des College, mit Mrs. P. bekannt, hatte bei ihr angefragt, ob sie mich aufnehmen könnte. Ich war zu warmherzigen und höchst individuellen Menschen gekommen, und in ein Haus, das mich mit dem ersten Betreten faszinierte. Ein altes Haus, 16. Jahrhundert, modernisiert im 18. Jahrhundert, erweitert im 19.; die Dachkonstruktion war original. Helle Zimmer öffneten zum Garten, eine riesige Küche, vom Treppenabsatz führten Stufen zu Zimmern auf verschiedenen Ebenen, im Badezimmer die längste aller Badewannen und ein Bad war begleitet von gurgelnden Aktivitäten im Rohrsystem. Unglaublich englisch war das Haus, und dank meiner Lektüre war es mir gar nicht fremd erschienen, wie überhaupt englische Autoren, allen voran die von Kriminalromanen, mich hervorragend auf England vorbereitet hatten.

Ich hörte mitunter den Namen Paul Cheeseman. Irgendwann würde er auf der Schwelle stehen, wann, das wüsste man nie. Er stand auf der Schwelle und ich war im Haus.

Meine Lehrerstelle war in einem Dorf in Schaumburg-Lippe, Bahnstation; Hannover war nicht weit. Ein Jahr nach meiner Einstellung waren auch meine Töchter an meiner Schule. Eine recht große Volksschule, und ein Rektor, dessen Wortkargheit den Menschen zunächst nicht sichtbar werden ließ. Nach und nach wurde seine Freundlichkeit erkennbar, sein helfender Rat war zu haben, wann immer wir Junglehrer, es hatten mehrere mit mir angefangen, ihn wünschten. Geradlinigkeit zeichnete ihn ebenso aus wie reiches Wissen. Er war vertraut mit zeitgenössischer Literatur; er hatte eine öffentliche Bücherei im Dorf aufgebaut, sehr gut bestückt und viel genutzt. Sie befand sich im Schulgebäude, der Hausherr bediente bei der wöchentlichen Ausleihe. Literatur war sein Steckenpferd, Musik, auch ausübend, ein weiteres, und Kunst war ihm auch nicht nur Wissensgebiet. Geschichte, Heimatgeschichte: Dorfchronik, Botanik - nur Bienenzucht betrieb er nicht. 1945 war er, passionierter Lehrer, Schulleiter geworden; er war der einzige Lehrer im Ort, der nicht Parteimitglied gewesen war. Er war schon pensioniert, als er im Schulort unser Trauzeuge war. Er besuchte uns in Jersey, wir fuhren zu ihm, wenn wir in der Bundesrepublik waren.

Krankheit verschonte ihn im Alter. Er starb unerwartet, man fand ihn in seinem Sessel, ein Buch aufgeschlagen in der Hand. Sein Grab auf dem Friedhof des Dorfes ist ohne Hilfe nicht zu finden. Es hat, auf seinen Wunsch, keinen Grabstein.

1991 erhielt ich überraschend schnell eine Antwort der Rentenversicherung auf meinen Antrag für Angestelltenrente. Die mit dem 16. Lebensjahr beginnenden Angaben sollen möglichst lückenlos sein, also hatte ich auch meine Arbeitsjahre von 1945 bis 1948 angegeben. Wie es schien, hielt man sie für gegenstandslos, denn ich hätte meine "...Beschäftigungszeit in Königsberg von 1945 bis 1948 weder nachgewiesen noch ausreichend glaubhaft gemacht...", mit anderen Worten: der Rentenversicherung etwas aufgetischt. Ich bekundete meinen Widerspruch, ich würde den Nachweis erbringen. Aber wie?

Telefongespräch nach Kaliningrad, ich fragte meinen Freund, ob es ein Stadtarchiv gäbe. Das gäbe es. Ich erklärte, warum ich das wissen wollte. Ob in dem Archiv Unterlagen über die Beschäftigung der Deutschen in den Nachkriegsjahren aufbewahrt würden, wüsste er nicht, aber das könnte ich selbst herausfinden: Er möchte uns nach Kaliningrad einladen, sagte er, habe es geschrieben, der Brief sei unterwegs, er brauche noch einige Angaben von uns. Da war ihm wahrlich eine Überraschung geglückt.

Beeindruckend gestempelt war seine Einladung. Sie hätte ihn viele Stunden in Amtsstuben gekostet... Vorlage der Einladung beim Generalkonsulat in Hamburg, es stellte uns die Visa aus, und wir konnten kurzfristig eine Busreise buchen.

Unser Freund - mein Mann und er verstanden sich vortrefflich - bestand darauf, dass wir bei ihm wohnten und nicht im Hotel. Wir teilten für einige Tage seine Wohnung in einem Wohnblock, Stadtmitte; Familienmitglieder waren in einer fernen Datscha. Er kochte für uns, vorzüglich! Am zweiten Tag unseres Besuchs, als wir zu dritt in der Stadt unterwegs waren, kaufte er einen frisch gefangenen Hecht, Gewicht 5 Kilo, Privatverkauf auf der Straße, unter den Fenstern des leeren staatlichen Fischladens, und es gab Hecht in wahrhaft köstlichen Variationen. "Wodka lässt den Fisch schwimmen" - russisches Sprichwort.

Am ehemaligen Paradeplatz kann man in die unterirdischen Räume hinabsteigen, von denen aus General Lasch das

Kommando über die Festung Königsberg geführt und nach der Kapitulation der Festung den Weg in die Gefangenschaft angetreten hatte; weil er im April 1945 kapituliert hatte, war er von Hitler in Abwesenheit zum Tode verurteilt worden.

Von meinem Freund hörten wir, dass der Ausbruch aus der Festung und Durchbruch nach Pillau im Februar 1945 gelingen konnte, weil auf der sowjetischen Seite ein "General Dummkopf" das Kommando gehabt hätte. Die vielen geretteten Verwundeten, die Königsberger, die über See entkommen konnten - wie gut, dass es kein General Kutusow gewesen war. Warum war die Rote Armee Ende Januar 1945 unmittelbar vor Königsberg stehen geblieben? Völlige Überschätzung der deutschen Abwehrkräfte, hatten wir schon damals, in der Festung, gedacht; lange nach dem Krieg habe ich es aus verschiedenen Quellen bestätigt gefunden.

Mein Freund führte uns zu den Sehenswürdigkeiten Kaliningrads: den steinernen und anderen Zeugnissen Königsbergs. Er hatte die Sprengung des Schlossen miterlebt. Eine Gruppierung gegen die Sprengung hatte sich gebildet, chancenlos; aber wie viel Mut dazu gehört hatte! Im Botanischen Garten erzählte er, dass ein nun sehr alter Russe jahrelang jede freie Minute und während seines Urlaubs in dem Garten gearbeitet hätte, ihm wäre dessen Fortbestand zu verdanken.

Mein Mann, einerseits gefesselt von den unzählbaren Spuren der alten Stadt, hatte andererseits einen besonders offenen Blick für die neue Stadt. Von der Lebendigkeit des Treibens war er angetan. Nach seinem stärksten Eindruck befragt: die Menschen, ihre Freundlichkeit und ihre Geschäftigkeit. Wir gingen zum Markt, er war größer und reichhaltiger als im Vorjahr, und niemand tadelte fotografierende Touristen. Brot und Käse sollten wir einkaufen, es gab nur eine Sorte Brot und nur eine Sorte Käse, und beide schmeckten ausgezeichnet. Auf unserem Rundgang spürten wir das Fluidum, die Atmosphäre, geschaffen von den Menschen, die anpriesen und verkauften, die kauften oder verwarfen, mit ihrer lebhaften Gestik und

Mimik, mit ihrer Sprache. Sie führten es vor: Die Identität einer Stadt wird von ihren Menschen und deren Sprache geprägt.

Eine Fahrt mit der Bahn an die See, nach Rauschen. Der Blick auf den schönen Bogen der einzigartigen Küste - im September 1944 hatte ich ihn zuletzt gehabt.

Heimweg nach einem Konzertbesuch: Kaliningrad bei Nacht. Erleuchtete Fenster hoben die Nüchternheit der Wohnblocks auf, schufen sanftere Konturen. Königsberg hatte ich nie erleuchtet gesehen: Kriegsjahre - Verdunklungsjahre, Nachkriegsjahre - Ruinen.

Angefüllte Tage endeten mit Gesprächen bis tief in die Nacht. Da sinnierte ich, laut, über den Lauf der Dinge. Ich, verheiratet mit einem Engländer, es waren englische Flugzeuge, die Königsberg zerbombt hatten; mein guter, lieber Freund ein Russe, es waren Russen, die mich nach Belieben in der Stadt festgehalten und letztlich hinausgeworfen hatten. Mein Mann hob sein Glas: auf die wundersamen Wege des Menschen. Drei Gläser klangen aneinander.

Ich hatte das Kaliningrader Archiv aufgesucht. Es gäbe vielleicht Unterlagen über die Arbeit der Deutschen, von 1945 bis 1948?

"Haben Sie gleich angefangen zu arbeiten, gleich nach Kriegsende?"

April war es noch, damals, beim ersten Arbeitseinsatz, schneidend kalte Apriltage im Gegensatz zu der sonnigen ersten Aprilwoche mit der milden, von Geschützdonner zerfetzten Luft. Aber der Einsatz zählt wohl nicht. Nach Kriegsende - es gab weder Rundfunk noch Zeitung und gesagt hatte es uns auch niemand, dass der Krieg zu Ende war. Aber wir hörten russische Soldaten rufen "Gitler kaput!" und "Woina kaput!", "Krieg kaput!", und dann sahen wir sie marschieren, zur Siegesparade, nahmen wir an. Sie trugen Stiefel, nicht wie sonst schwere Schuhe und um die Waden gewickelte Lappen, und sie hatten Handschuhe an. Weiße Handschuhe, die vor dem Erdbraun ihrer Uniformen leuchteten, wie Signale blinkten, auf und ab, im forschen Takt des Marsches. Nach der Parade hatten sie anscheinend Wodka bekommen, sie lärmten auf der Straße, gingen in Häuser - ich versteckte mich im hintersten Kellerraum und meine Mutter schaufelte Kohlen außen gegen die Tür, nicht zum ersten Mal. Im April hatten wir beide mehrere Tage in einem Versteck zugebracht.

Am 8. April waren nach anfänglicher Stille Flugzeuge und krachende Einschläge von Bomben zu hören gewesen und gegen Abend Schüsse, Reihen von Schüssen. Meine Mutter und ich waren in unserem Luftschutzkeller. Zum Luftschutzkeller des Nachbarhauses gab es einen Mauerdurchbruch, durch den wir plötzlich gutturale Laute hörten! Und die Rufe "Soldat!" "Soldat!" Wir saßen und rührten uns nicht, starr vor Angst. Ein Schuss peitschte in unseren Kellerraum! Aufschreiend sprangen wir hoch. Sie kamen zu uns herein."Uri! Uri!" verstanden wir nicht. Sie nahmen uns die Armbanduhren ab. "Soldat!" riefen sie wieder und hoben ihre Maschinenpistolen. Kein Soldat im Haus. Sie gingen.

Ich sah meine Mutter an, sie sah mich an, wir sagten nichts, konnten nicht sprechen. Sie hatte sich hingesetzt, zog mich neben sich. Viele Schritte über uns, Stimmen - sie kamen in den Keller. "Frau komm!" Sie fassten mich an, ihr Griff stellte mich auf die Füße. Meine Mutter hielt mich umklammert, sie bekam einen Stoß, der sie umwarf. Ich schrie, einer klatschte mir mit der Hand auf den Mund, sie zerrten mich in den Nachbarkeller, drückten mich auf eine Pritsche hinunter, einer zog mir ruckartig die Stiefel aus, hielt sie lachend hoch, einer schlug mir den Rock bis zum Hals, riss meinen Schlüpfer herunter und warf sich auf mich, seinen keuchenden Mund dicht an meinem - ein rasender Schmerz, mein Schrei erstickte in meinem Mund, auf den er seinen presste. Und ein anderer, und -

"Sie sind weg! Steh' auf! Schnell! Sie sind weg!"

Als käme ich aus einem tiefen schwarzen Abgrund nach oben, hörte ich die Stimme meiner Mutter an meinem Ohr.

"Du musst aufstehen! Komm! Ich helfe dir! Schnell, schnell!"

In unseren Keller zurück. Meine Mutter wischte mir die Beine ab, richtete meine Kleidung mit hastigen Händen.

"Wir müssen weg, schnell, bevor die nächsten kommen," flüsterte sie, "wir müssen uns verstecken!"

Verstecken? Verstecken hatten wir gespielt - unsere Bude!

"Die Bude," flüsterte ich, "die Bude auf dem Hof!"

Sie stutzte einen Moment, dann nickte sie, lud mir meinen Rucksack auf und nahm ihren. Wir schlichen die Kellertreppe zum Hof hinauf - Feuerschein am Himmel, Schüsse waren zu hören. Geduckt über den Hof. Ich fand den verborgenen Einstieg in die Bude. Sie war einem hohen Bretterzaun vorgebaut, hinter dem Zaun war ein freies Feld. Auf Kisten saßen wir, eng nebeneinander. In den Nachtstunden fielen immer wieder Schüsse, einzelne oder mehrere in rascher Folge. Der Morgen graute, die Geräusche schwerer Fahrzeuge kamen von der Straße. Bewegung war auf dem Feld. Plötzlich ohrenbetäubendes Knallen! Ein Geschütz feuerte! Als es schwieg, hörten wir die Russen, ganz nahe, und durch die Zwischenräume im Zaun sahen wir sie. Einer pinkelte gegen den Zaun, keine drei Meter von uns entfernt. Motorengeräusche, dann war es still auf dem Feld. Aus der Ferne, vom anderen Ende der Stadt, hörten wir Geschützfeuer, immer wieder einsetzendes rumpelndes Grollen und Krachen. In der Nacht war es ruhig, keine Schüsse. Erschöpft schliefen wir. Ein neuer Tag - kein Kampflärm. Ob wir die Bude verlassen könnten? Aber dann kamen Lärm und Stimmen, russische, vom Haus! Und von den Nachbarhäusern. Fahrzeuge und viel Bewegung auf der Straße auch am Tag darauf. Zwei Einweckgläser mit Stachelbeeren hatte meine Mutter aus dem Keller mitgenommen. Der vierte Tag brach an. Wir horchten hinaus. Stunden vergingen, nichts war zu hören. Dann, auf einmal, deutsche Laute!

Vorsichtig stieg meine Mutter aus der Bude. Durch die Ritzen in der Bretterwand beobachtete ich, wie sie langsam, mit stark geschwollenen Beinen, auf das Haus zuging. Als ich sie nicht mehr sehen konnte, wurde mir vor Angst übel. Endlich kam sie zurück!

"Komm raus," sagte sie, "es sind nur Deutsche im Haus."

Wir erfuhren, was uns erspart geblieben war.

Die Bewohner waren am Tag nach dem Ende der Kampfhandlungen, sie endeten in den Abendstunden des 9. April, früh aus ihren Häusern, ihren Kellern geholt und kolonnenweise in leidvollen Märschen aus der Stadt und um die Stadt getrieben worden, unter scharfer Bewachung. Wer nicht mehr weiterkonnte, blieb liegen. Nicht wenige wurden erschossen. Übernachtet wurde in irgendwelchen Gebäuden, zusammengepfercht in unbeschreiblicher Enge, oder auch auf dem Erdboden. Nächte, die von Schüssen widerhallten und von den Schreien der Frauen. Essen wurde nicht ausgeteilt. An den nächtlichen "Ruhepunkten" waren Verhöre durchgeführt worden, um Leute mit Parteifunktionen herauszufinden. Willkür und Hass und auch vermeintlich selbstrettende Denunziation trafen viele Unschuldige. In primitiven Lagern wurden die

Ausgesonderten festgehalten. Den Großteil der Königsberger, zumeist Frauen und Kinder, ließ man nach qualvollen Strapazen in die Stadt zurückgehen. Viele fanden von ihren Häusern, die beim Verlassen intakt gewesen waren, nur noch die Außenmauern vor, sie waren ausgebrannt oder brannten immer noch. Nicht in Brand gesetzte Häuser und Wohnungen waren geplündert, auch die Keller. Oberbetten waren aufgeschlitzt. Etwas Bettzeug, Schuhe für mich und einige Kleidungsstücke fanden wir noch - oder wir baten sie von den neuen Bewohnern zurück und bekamen sie. Meine schwarzen Möbel waren weg, die Totenmaske von Beethoven auch. Ein Musikfreund.

Es war wenige Tage nach unserer Rückkehr aus der Bude, als eine lange, lange Kolonne von deutschen Kriegsgefangenen durch unsere Straße zog. Meine Mutter war im Keller, wir wohnten im Luftschutzkellerraum, die Zimmer der Wohnung, aller Wohnungen im Haus, waren mit vielen Frauen und Kindern belegt. Ich stand mit ein paar Frauen im Flur an der offenen Haustür. Ein Vorgarten und ein breiter Bürgersteig waren zwischen dem Haus und der Straße mit der endlosen stummen Kolonne. Wir waren stumm. Als ich es nicht mehr verhindern konnte, dass Tränen mir über das Gesicht liefen, ging ich in unseren Kellerraum zurück. Kaum war ich drin, stürmten Frauen die Treppe herunter:

"Ihr Sohn! Schnell! Ihr Sohn! Er hat 'Mutter' gerufen und Ihren Namen!"

Meine Mutter lief hinauf, ich hinterher, oben hielten Frauen mich fest:

"Besser nur die Mutter!"

Sie lief auf die Kolonne zu, der Posten trieb sie mit drohend erhobener Faust und schroffen Worten zurück.

"Sohn! Mutter!" stieß sie hervor und zeigte auf meinen großen Bruder, der einen Arm hoch hielt und, sich ständig umdrehend, mit der Kolonne weiterging, und auf sich. Der Posten winkte ihm, herauszutreten.

"Du lebst!" sagte meine Mutter. Sie umarmten sich.

Er fragte nach meinem Vater, nach mir.

"Wir alle leben!"

Nach meinem Bruder -

"An der Westfront, wir hoffen!"

"Es wird alles gut werden," sagte mein großer Bruder.

Der Posten befahl ihm, sich wieder einzuordnen. Im Laufschritt erreichte er seinen Platz in der Kolonne. Er schaute nicht zurück.

"Krieg nix gut," sagte der Posten, den Kopf schüttelnd, noch zu meiner Mutter und legte kurz seine Hand auf ihren Arm.

Sie stand, bis ein anderer Posten die Maschinenpistole von der Schulter nahm und sie auf das Haus zutrieb. Weinend hielten wir uns umschlungen. Oder waren es auch Freudentränen - wir wussten, mein großer Bruder lebt!

Aber wir wussten nicht, wo mein Vater war. Wir warteten auf ihn, voller Hoffnung, und bald nach jenem Tag kam er! Er nahm mich in die Arme und hielt mich lange, wortlos. Mit Erschütterung hörte er von der Kriegsgefangenenkolonne, wiederholte er die wenigen Worte, die meine Mutter und mein großer Bruder gewechselt hatten, und er dankte dem Himmel, dass wir an einer Ausfallstraße wohnten.

"Die Kriegsgefangenschaft wird er auch überstehen," sagte mein Vater und trocknete meiner Mutter die Tränen.

Er war eingesperrt gewesen, nach mehreren Verhören hatte man ihn gehen lassen. Auf Socken war er angekommen. Ein Soldat hatte ihm auf der Straße die Stiefel ausgezogen, ein Offizier sah das, gab dem Soldaten eine Ohrfeige und meinem Vater die Stiefel zurück. Ein paar hundert Meter weiter forderte ein anderer Soldat die Stiefel, die Maschinenpistole im Anschlag, ein Offizier war nicht in Sicht.

Noch im April begann der Arbeitseinsatz: Steine karren, Fahrbahnen freimachen. Soldaten ritten in scharfem Trab über den Asphalt, über löchrige und steinübersäte Stellen. Die Pferde hatten die Köpfe hochgeworfen, ihre Augen waren angstvoll geweitet, rötlicher Schaum fetzte aus ihren aufgerissenen Mäulern. Ich konnte ihre ostpreußischen Brandzeichen erkennen.

Die trunkene Siegesfeier dauerte tagelang. Gleich nach Kriegsende gearbeitet? Ich hockte im Versteck. Und dann die unförmige Schwellung der Beine, wie zuvor im April.

"Etwa ab 20. Mai habe ich gearbeitet."

"Wo haben Sie gearbeitet?"

"Ich gehörte zu einer Straßenarbeitsgruppe. Wir räumten Trümmer von den Straßen und füllten Bombentrichter auf."

Meine Mutter gehörte auch dazu. Unsere bewaffneten Posten ließen manchmal, wenn sie sich nach ihrer Essenspause von einem Steinhaufen erhoben, ein Stück Brot liegen, als hätten sie es vergessen. Ich musste an unsere Mülltonne denken, die von russischen Kriegsgefangenen geleert wurde und in die meine Mutter an den Abenden vor der Leerung heimlich ein Brot gelegt hatte. Mein Vater machte zunächst auch Straßenarbeit. Als man sich darauf besann, die wenigen Männer nach ihren Berufen zu fragen, bekam er Arbeit in einer Autowerkstatt.

Wir erzählten meinem Vater, dass wir auf einem Fabrikhof einen Haufen brandgeschädigter Fahrradluftpumpen gesehen hätten. Wir sollten ein paar mitbringen, sagte er. Das gelang uns. Mein Vater richtete sie her, dass sie wieder pumpten. Wir brachten mehr mit. Meine Mutter verkaufte sie sonntags auf dem Markt, einem geduldeten Schwarzen Markt.

Der Markt war überlebenswichtig. Die Russen hatten Brot, wir tauschten von dem wenigen, das man uns gelassen hatte, alles Entbehrliche, kaum Entbehrliche, oder wir versuchten es zu verkaufen, um etwas zu essen kaufen zu können. Nahrungsmittel, in karger Auswahl, wurden von Russen angeboten, und Mangel diktierte die Preise. Ich lernte den Markt erst später kennen. Von unserem Bezirk führte der Weg zum Markt durch die menschenleere Ruinenstadt, man ging ihn stets zu mehreren. Für junge Frauen war er lange ein Wagnis. Kein Deutscher besaß noch ein Fahrrad, öffentliche Verkehrsmittel gab es nicht, zivilen Autoverkehr auch nicht. Auf den Straßen fuhren ausschließlich Militärfahrzeuge.

Es gab nicht viel für die Luftpumpen, aber unser Speisezettel erfuhr eine spürbare Verbesserung. Leider nicht für lange. Den zuerst verkauften war die Luft inzwischen wohl ausgegangen, denn eines Sonntags kam ein Russe mit Drohgebärden und laut schimpfend auf meine Mutter zu. Sie lief in die Ruinen und entkam ihm, aber mit dem Pumpengeschäft war es aus.

Ältere Leute und Kinder suchten in den Trümmern nach Dingen, die sich vielleicht gegen Brot tauschen oder verkaufen ließen. Es gab mehr und mehr russische Zivilisten in der Stadt. Sie litten zwar nicht Hunger wie wir, aber sonst fehlte es ihnen an allem.

"Wurden Sie in Rubeln entlohnt?"

"Nein. Wir erhielten Verpflegung."

Anfangs eine Hand voll Pellkartoffeln, dann fielen die weg und uns wurde am Ende des Arbeitstages ein Stück Brot abgewogen, eine schwergewichtige Scheibe: Das Brot hatte einen extrem hohen Wassergehalt. Sonntags nichts. Wenn man krank war, nichts. Arbeitende Mütter für ihre Kinder, nichts. Als nach Monaten Registrierkarten eingeführt wurden, erhielten auch Kinder und alte Menschen eine geringe Brotration. Zu wenig und für viele zu spät.

Mein Vater bekam an seiner Arbeitsstätte Brot und auch Suppe. Dünne Kohlsuppe, in der große glotzäugige Fischköpfe schwammen, er brachte einmal ein Exemplar mit. Dann gab es keine Suppe mehr, Lohn wurde ihm ausgezahlt. Er hatte eine Brotkarte, erhielt wie wir das werktägliche Stück Brot an einer Ausgabestelle, oft mit langer Wartezeit, und Marken für Monatszuteilungen von Hirse und Fett, die im Magazin verkauft wurden. Die Monatsration konnte einen Menschen kaum eine Woche über Wasser halten. Die übrig gebliebenen Rubel reichten vielleicht noch für ein Brot zum Schwarzmarktpreis.

Hunger, alles beherrschender Hunger, zwang jeden, seine Würde zu vergessen. Wir bettelten vor den Militärküchen und sammelten die Kartoffelschalen auf, die man uns vor die Füße kippte. Glücklicherweise besaßen die Russen keine dünn schneidenden Kartoffelschälmesser. Wir raubten, trotz Verbot, was es an Essbarem gab in verwilderten Gärten oder auf Feldern, oft nach Einbruch der Dunkelheit, wenn Angst noch schwerer als sonst auf uns lastete. Wir standen nach der Arbeit vor dem Schlachthoftor, in den Händen die verschiedensten Behälter, und warteten, oft vergeblich. Aber manchmal trat ein Russe in blutbefleckter Schürze vor das Tor, in jeder Hand einen Eimer mit übel riechenden Innereien, und beobachtete, nachdem er seine Last abgestellt hatte, wie Frauen und Kinder die glibbrigen Dinger auseinander zerrten, sie sich gegenseitig aus den Händen rissen.

Auf einem Weg in der Nähe des Schlachthofs fanden meine Mutter und ich einmal zwei Rinderknochen. Die Brühe war eine regelrechte Festtagssuppe, wenn auch salzlos. Lange gab es für uns kein Salz. Brennnesseln und Melde - solange sie gediehen und das taten sie üppig zwischen Trümmern und Schutt, hatten wir etwas im Kochtopf. Und Pilze suchen, immer mit der Angst, Soldaten könnten uns aufspüren. Suppe ergaben die kleinen Pilze, die großen wurden auf der Herdplatte geröstet. Zum Glück war meine Mutter eine Pilzkennerin, mein Vater und ich waren bei manchen etwas zweifelnd. Offensichtlich waren sie alle essbar.

Als mein Vater und ich an einem Abend einen Rest Rüben aus einer Miete ausgebuddelt hatten und uns gerade davon machen wollten, tauchten zwei Soldaten auf.

"Stoi!"

Sie traten dicht vor uns, starrten uns in die Gesichter. Wir mussten unsere Beutel ausschütten. Sie lachten, gaben uns zu verstehen, dass wir die Rüben mitnehmen könnten. Wir sammelten sie auf. Einer konnte ein wenig Deutsch.

"Nix gut essen," sagte er und stieß eine Rübe mit dem Fuß an.

Er fragte mich, nach einigem Hin und Her hatte ich ihn verstanden, ob ich zu Hause eine große Schwester hätte. Dann würden sie mitkommen, und Brot könnten sie bringen.

"Nein," sagte ich, "ich habe keine Schwester."

Ich sah meinen Vater an. Er schüttelte den Kopf.

"Nein. Keine Tochter."

Die Soldaten sagten etwas und gingen fort. Sie hatten mich für einen Jungen gehalten! Es war nicht verwunderlich. Mein Kopf, vor kurzem kahl geschoren, Maßnahme gegen Kopfläuse, hatte Haarwuchs von Millimeterlänge, und ich steckte in ausgebeulten Hosen, darüber eine abgewetzte und zu weite Männerjacke.

Etwa 45 km südlich von Königsberg begann das polnische Gebiet. Als wir gehört hatten, dass Königsberger, wenn auch nur wenige, sich dorthin aufgemacht hätten, um dann weiter nach Westen, nach Deutschland, zu gelangen, hatte ich versucht, meine Eltern dafür zu gewinnen. Ihre Bedenken waren zu groß, vor allem um meinetwillen. Vielleicht, ach hoffentlich, sagte meine Mutter, würden uns die Russen ja bald fortlassen, der Krieg wäre doch vorbei und Königsberg nun russisch, kein Ort mehr für uns. Leute sagten, man würde uns doch nicht alle verrecken lassen. Wenn erst das Internationale Rote Kreuz Bescheid wüsste...

Es wurde den Deutschen in Königsberg verboten, das Stadtgebiet zu verlassen.

Noch im Mai hatten wir aus unserem Keller ausziehen müssen, war das ganze Haus geräumt worden. Alles, was wir noch besaßen, konnten wir ohne Mühe wegtragen: Rucksack, etwas zum Zudecken und das Notwendigste an Koch- und Essgeschirr. Mein Vater zog auf einem gebastelten Rädergestell unseren kleinen Kellerherd, Kohle- und Holzfeuerung, Kohle fiel aus. Wenn wir uns irgendwo und irgendwie eingerichtet hatten, Bretterschlafstätten und Strohsäcke, gefüllt mit allem Möglichen, nur nicht Stroh, zusammengesuchte oder zusammengehämmerte Stühle und Tisch, dann mussten wir raus, Russen zogen ein. Sie gewährten uns, oder auch nicht, die Mitnahme des Mobiliars. Als wir unseren Herd einbüßten, konnte mein Vater einen Kanonenofen auftreiben. In den Genuss von Strom, das war dann das Licht einer Glühbirne, kamen wir gelegentlich, wenn wir in einem Gebäude mit Russen wohnten. Mit Wasser hatten wir Glück, einige Zeit mussten wir zwar Wasser aus einem Löschteich holen, aber sonst gab es eine meist funktionierende Pumpe nahe unserer Behausung. Kurzzeitweise hatten wir sogar Zugang zu Wasser aus der Leitung.

Ein Quartier mussten wir uns jedes Mal selber suchen. Nach dem Kellerauszug teilten wir wochenlang ein Zimmer mit einem Mann mittleren Alters und seiner Mutter. In manchen Nächten wurden wir von Geräuschen geweckt: Der Mann suchte nach dem Rest einer Brotration. Die alte Dame hatte Verständnis für ihren Sohn.

"Er muß hart arbeiten und mich mit seiner Ration miternähren, Gott gebe, nicht für lange," sagte sie.

Es gelang meinem Vater, einen Raum nur für uns zu finden, aber in einer Bruchbude. Da wurden wir von Ratten geweckt, die nachts mit unglaublich lautem Tapp-tapp-tapp über den rauen Fußboden liefen. An einem Tag kam mein Vater später als sonst nach Hause - mit einer Katze! Auf dem Heimweg hatte er sie gesehen und nach vielen vergeblichen Versuchen einfangen können. Wer hätte gedacht, dass es noch Katzen gäbe! Sie war graugetigert und sehr mager, wir stellten ihr Brotstückchen hin und etwas Hirsebrei - im Nu war alles weg. Gleich in der ersten Nacht erlegte sie zwei Ratten. Das wiederholte sie mit wechselnder Anzahl Nacht um Nacht, bis sich keine Ratte mehr blicken noch hören ließ. Unser lieber Rattenjäger war bald darauf verschwunden. Zu neuen Jagdgründen, hofften wir.

126

Eine kurze Zeit wohnten wir in einer Baracke mit Russen, einer Gruppe von Männern. An einem Abend kochten sie einen Riesentopf Gulasch auf ihrem Herd in der Küche, die neben unserem Raum war und die keine Tür hatte. Oh, der Duft! Wir mochten unsere Tür nicht zumachen. Von Zeit zu Zeit kam ein Russe in die Küche um im Topf zu rühren und nach dem Herdfeuer zu sehen. Eine längere Zeitspanne verging, ohne dass er kam, und die Lautstärke der Männer ließ auf eine erhebliche Menge Wodka schließen. Da könnten wir doch - ich stand Schmiere. Nur ein kleines Töpfchen voll holte meine Mutter, aber wie das unser Verlangen erst weckte! Meine Mutter passte auf und ich schöpfte. Mein Vater wurde so fröhlich, als hätte er dem Wodka zugesprochen. Die Lautstärke verebbte. Nach einer Weile hörten wir Schnarchen, und wir aßen jeder noch eine köstliche Portion. Am Morgen machte einer der Russen meiner Mutter verständlich, dass sie zu viel getrunken hätten und eingeschlafen wären und ihr Gulasch wäre dann fast ganz verkocht. So ein Pech.

Meine Regel war ausgeblieben. Wir hörten, dass Frauen sich im Zentralkrankenhaus, früher Krankenhaus der Barmherzigkeit, untersuchen lassen könnten. Meine Mutter ging mit mir den weiten Weg zum Krankenhaus. Es war ein strahlender Sommertag. Die Luft flimmerte. Der blaue Himmel leuchtete über den Trümmern und durch unzählige Fensterlöcher. Backsteinruinen hatten einen warmen, rotgoldenen Schein. Bäume, zersplitterte, amputierte, halb verbrannte Bäume, trugen zaghaften Blätterschmuck, und Grünes rankte an Mauerresten hoch und wuchs in Türöffnungen. Über allem lag eine tiefe Stille.

"Schock und in der Folge Unterernährung," sagte der Arzt sachlich nach der Untersuchung. Den Befund über Geschlechtskrankheit holten wir später ab - negativ. Meine Regel blieb drei Jahre aus, zu meiner großen Erleichterung. Es war ungeheuer schwierig geworden, den Erfordernissen der Hygiene zu genügen, selbst den primitivsten.

Wir lernten den Donnerbalken kennen. Man saß auf einem über eine Grube gelegten Balken, eine Bodenvertiefung unter den Füßen, die es fest zu platzieren galt. Papier, jede Art von Papier war äußerst knapp. Seife hatten wir selten, Haarwaschmittel überhaupt nicht. Heißes Wasser war im Sommer Luxus; Brennmaterial zum Kochen und Heizen mussten wir uns selber beschaffen. Nach manchem Haareabtrocknen schien es, als liefe das Tuch davon. Wir kämpften dauernd gegen Kopfläuse und Kleiderläuse, zeitweilig mit Erfolg. Wanzen klebten oben an der Decke, nachts ließen sie sich auf uns herabfallen, saugten Blut und wurden dick und rund. Wenn wir uns zur Arbeit trafen, berichteten wir, wie viel Wanzen wir in der Nacht den Garaus gemacht hätten, übertrafen uns gegenseitig mit Zahlen und Schilderungen. Das Interesse an dem Thema erlosch mit der alltäglichen Wiederholung.

Wir erfuhren, dass Deutschland, ohne Ostpreußen, in vier Besatzungszonen aufgeteilt war. Wie mochte dort das Leben sein?

Auf dem Heimweg von der Arbeit wurde ich einmal plötzlich von zwei Soldaten gegriffen und auf einen Lastwagen gehoben, auf dem drei junge Frauen waren. Meine Mutter lief schreiend hinter dem davonfahrenden Lastwagen her, nach einer Biegung sah ich sie nicht mehr. Den Tränen nahe fragte ich, wohin man uns brächte. Das wüssten sie auch nicht. Wir fuhren nicht weit, der Lastwagen hielt vor einem großen allein stehenden Haus. Die Soldaten führten uns hinein. In einem großen Zimmer standen Offiziere an einem Tisch, sie winkten uns heran. Teller mit Brotstücken und mit Gurken waren auf dem Tisch. Wir sollten essen, forderten die Offizier uns auf. Ich hatte einen Kloß im Hals - nur nicht weinen! Eine nahm ein Stück Brot, biss einmal ab und steckte es in ihre Jackentasche. Die Offiziere lachten. Die zweite, die dritte steckte ein Stück Brot ein, da nahm ich auch eins. Wir wurden in Zimmer geführt, jede in ein anderes. Stuhl und Bett befanden sich im Zimmer. Ein Offizier war mit mir hereingekommen, er schloss die Tür ab.

"Krank," sagte ich, "ich bin krank."

Ein Wort, das sie alle verstanden und das ihnen panische Angst einflößte, denn in einer solchen Situation ausgesprochen, bedeutete es geschlechtskrank. Er wollte mir nicht glauben.

"Krank! Russischer Soldat!" sagte ich.

Da schob er mich weg und schloss die Tür auf. Ich rannte aus dem Haus - vor dem Haus stand meine Mutter! Vor lauter Freude brach ich in Tränen aus.

Wenige Tage danach traf ich eine meiner Mitfahrerinnen wieder und erzählte ihr, wie ich davongekommen war.

"Bist du wahrhaftig krank?"

"Nein, natürlich nicht!"

"Na dann hätt'st ihn doch lassen können."

In der Stadt waren unter Schildern mit Straßennamen und unter Wegweisern mit Ortsnamen neue Schilder angebracht, auf denen die deutschen Namen exakt wiedergegeben waren in kyrillischen Buchstaben; eine anschauliche Art, das russische Alphabet zu erlernen. Mit einem Bleistift aus meinem Rucksack und auf Papier aus meinem Rucksack schrieb ich Namen von den Schildern ab, Deutsch und Russisch. Eine freundliche Russin, Nachbarin für kurze Zeit, ergänzte meine Liste der Druckbuchstaben und schrieb mir die Buchstaben der Schreibschrift daneben. Als erstes schrieb ich meinen Namen und Königsberg, e für ö, dann andere Ortsnamen und russische Wörter, die ich auf Transparenten gesehen hatte.

Meine Mutter konnte nicht mehr arbeiten, ein kleiner Schnitt in den Finger hatte zu einer schlimmen Entzündung geführt, die den Arm bis zum Ellenbogen anschwellen ließ. Mit beharrlich wiederholten heißen Spülungen kurierte sie die Entzündung. Sie fand dann leichtere Arbeit: Saubermachen in einem Offiziershaushalt. Sie wurde mit Brot und Kartoffeln entlohnt, und sie erfuhr Freundlichkeit. Es währte nur einige Wochen, die Offiziersfamilie zog fort.

"Wie lange haben Sie diese Arbeit getan?"

"Bis zum Frühjahr 1946. Aber nicht immer Straßenarbeit. Wir arbeiteten auch an Gebäuden. Im Winter räumten wir beschädigte Häuser auf."

Oder aus, nach Anweisung. Winter: Hunger und Kälte. Vertraute Gesichter sah man auf einmal nicht mehr, nie mehr. Unsere Aufseher hatten an eisigen Tagen ein Feuer brennen, und sie ließen es zu, dass wir uns daran wärmten. Sie waren nicht ohne Mitgefühl. Dennoch mussten wir auf der Hut sein, wenn sie ihre Ration Wodka bekommen hatten.

Wir hatten den Kellereingang einer Hinterhofruine freigeschaufelt, den Schutt beiseite gekarrt, wir gingen in den Keller hinein, mehr Schutt - in einem Raum dahinter fanden wir ganze Stapel von neuen Hakenkreuzfahnen! Bevor wir den Fund meldeten, wickelte jede von uns sich zwei Fahnen um den schmächtigen Körper, darüber die unförmige lange Jacke - dass nur die Russen nichts merkten! Aber die beachteten uns gar nicht, sie debattierten heftig, ob die Fahnen an Ort und Stelle verbrannt werden sollten oder nicht. Schließlich packten sie selber die Stapel auf den Lastwagen zum Abtransport. Fest gewickelt und vorsichtig gehend brachten wir die Fahnen nach Hause und zu individueller Nutzung. In meinem Falle: roter Rock, weiße Bluse mit roten Ärmeln, schwarze Weste mit roten Kanten.

Unsere Freundin, unsere Hausschneiderin von früher, wiedergefunden und in unserer Nähe, hatte mir die Sachen genäht, mit der Hand - ihre Nähmaschine wäre schon längst in Wladiwostok, sagte sie. Nähnadeln hatte sie immer bei sich getragen und gerettet, ein Maßband hatte sie sich gemacht, eine Schere hatte eine Russin ihr geschenkt und bei der Garngewinnung half ich ihr. Sie zog Fäden aus einer schon öfter dafür benutzten Bluse, ich trennte die Embleme aus den Fahnen, sorgfältig, um den Faden schön lang werden zu lassen. Ihr Geschick und ihre Fertigkeiten wurden von Russinnen geschätzt, sie nähte für sie und bekam dafür Brot, Kartoffeln und Hirse. Die hätten selber nicht viel, sagte sie, und wie gut es ihr doch ginge. Daran ließ sie Kinder teilhaben, sie gab hungernden Kindern Brot, wann immer sie konnte.

Ein liebenswerter Mensch war sie, mit viel Lebensmut, und ihr Können hätte ihr weiterhin Arbeit und Brot eingebracht, doch 1946 nahm ihr Leben ein jähes Ende. Sie war auf dem Weg nach Hause, sie hatte ihr Haus fast erreicht, als am Straßenrand ein Offizier einem Armeelastwagen Zeichen zum Anhalten gab. Das Fahrzeug hielt nicht, der Offizier schoss schnell mehrmals hinterher und traf sie, auf dem Bürgersteig, tödlich. Das Fahrzeug hielt, und mit dem Offizier fuhr es davon.

Ein Nachbar, Augenzeuge, kam mit der furchtbaren Nachricht zu uns gelaufen. Wir fanden sie immer noch auf dem Bürgersteig liegend. Kaum Blut. Frauen standen um sie herum. Mein Vater und der Nachbar trugen sie in das Haus, in dem sie einen kleinen, von einem Zimmer abgeteilten Raum bewohnt hatte. Das Schloss an ihrer Tür war aufgebrochen. Sie legten die Tote auf die Schlafstätte und breiteten die Decke über sie. Leute aus dem Haus waren in die Stube gefolgt. Von ihnen hätte keiner das Schloss aufgebrochen, sagten sie.

"Wir kannten uns so gut," sagte eine Frau, "sie hätte bestimmt gewollt, dass ich ihre Decke bekomme."

Als niemand etwas sagte, fing sie an zu jammern.

"Sie ist doch tot, sie braucht keine Decke, aber ich, ich habe fast nichts zum Zudecken! Alles ist kaputt und so dünn, ich friere immer! Ach so eine schöne Decke!"

Die Leute gingen wieder. Meine Eltern und ich saßen stumm bei der Toten. Die Tränen wollten nicht aufhören.

Wir wickelten die Tote in die Decke ein. Meine Mutter und ich nähten die Decke zu. Mein Vater blieb nachtüber dort. Auch wegen der Decke.

Wir bekamen keine Genehmigung, unsere Freundin auf einem Friedhof zu beerdigen. Zu einem Massengrab auf dem Gelände eines Krankenhauses mussten wir sie bringen, auf einem zweirädrigen Karren. Wir durften sie nicht in das Grab legen, die Totengräber des Krankenhauses würden das tun. Wir warteten und sahen, dass sie es behutsam taten.

"Waren Sie namentlich erfasst, gab es eine Namensliste?"

"Nein. Wir wurden gezählt."

"Wo arbeiteten Sie dann?"

"Landarbeit, aber nur eine kurze Zeit."

"Hatte man da Ihren Namen aufgeschrieben?"

"Nein."

Wir wurden gezählt - die Zahl nahm ab, wurde aufgefüllt, nahm wieder ab. Nach dem Ende der Aufräumungsarbeiten im Frühjahr wurde ich mit zwei anderen jungen Frauen von der Kommandantur unseres Bezirks zur Landarbeit bestimmt. Ein Lastwagen nahm uns mit, wir fuhren eine Strecke in östlicher Richtung. Die Fahrt endete auf einem großen Bauernhof am Rande eines Dorfes, das menschenleer zu sein schien. Russische Männer und Frauen waren auf dem Bauernhof, alle in Uniform. Wir mussten von Unkraut überwachsene Felder durchhacken. Unser Nachtlager war in der Scheune. Wir bekamen Brot und gekochte Kartoffeln oder Hirsebrei reichlich - wir wurden satt! Aber es bedrückte mich, von meinen Eltern getrennt zu sein. Und eines Morgens gab es nichts - die Russen waren fort!

Wir gingen sofort los, zurück nach Königsberg. Als wir sahen, dass auf der Straße immer wieder Fahrzeuge fuhren, hielten wir uns abseits, wichen aus in Waldstücke, wenn wir fürchteten, gesehen zu werden. Wo Buschwerk sich entlang der Straße hinzog, versteckten wir uns im Gebüsch, wenn wir ein Fahrzeug kommen hörten. Ein Mann, der mit einem Pferdewagen auf der Straße fuhr, hatte uns wohl beobachtet. Er hielt an, winkte, rief - russische Worte. Er stieg ab und kam zu uns herüber, ein älterer Russe.

"Kenigsberg?" fragte er.

Wir nickten. Er nickte auch, zeigte auf sich und auf seinen Wagen:

"Kenigsberg."

Mit Worten und Gesten bot er uns an, zu ihm auf den Wagen zu steigen. Ich sah meine Gefährtinnen an - ja! Wir legten uns hinten auf den Wagen, wie er uns anwies, auf Bretter, und er deckte die Wagenplane, steif vor Dreck, über uns. Die Pferde zogen an. Wir hörten unseren Kutscher pfeifen, auch brummelnd singen, und wir hörten auch, wie er auf Zurufe vorbeifahrender Soldaten antwortete. Und dann hielt er an, befreite uns von der Plane - wir waren in Königsberg. Er wehrte unseren Dank mit wegwerfenden Handbewegungen ab und lachte über das ganze Gesicht, als er jeder von uns zum Abschied kräftig die Hand schüttelte.

Ich war wieder mit meinen Eltern zusammen! Auf der Kommandantur wollte niemand etwas wissen von uns Landarbeiterinnen. Ich war frei für andere Arbeit.

"Wo arbeiteten Sie danach?"

"In der Autoreparaturbase der Baltischen Flotte. Da war ich bis 1948."

"Ah, das ist etwas ganz anderes. Über Ihre Arbeit davor haben wir zu unserem Bedauern keine Unterlagen, weil Sie namentlich nicht geführt wurden. Leider haben wir aber auch nichts über Ihre Arbeit in der Autoreparaturbase, denn alle Unterlagen über die Beschäftigung von Zivilpersonen in militärischen Einrichtungen befinden sich im Besitz des Militärs. Da es sich um die Baltische Flotte handelt, raten wir Ihnen, sich an das Zentrale Staatsarchiv der Kriegsmarine der UdSSR zu wenden."

Man gab mir die Adresse, versicherte, dass ich auf Deutsch schreiben könnte und wünschte mir Erfolg.

Ich schrieb von dem weißen Fleck in meiner Biographie, den ich, auf mein Leben zurückblickend, füllen möchte. Über die verschiedenen Lebensphasen, Schule, Ausbildung, Berufsarbeit, Ruhestand, gäbe es Papiere, nur über meine Arbeit, meine Existenz, in den ersten drei Nachkriegsjahren nicht.

Ich besaß nur den im Auffanglager in Sachsen ausgestellten Pass, aus dem hervorgeht, dass ich nach meiner Ankunft aus Königsberg zweimal entlaust worden bin, am 25. März und am 2. April 1948.

Im September 1991 schickte ich den Brief ab. In dem Monat erfolgte die Umbenennung, Rückbenennung, von Leningrad in Sankt Petersburg; im August war in Moskau der Putsch der Erzkommunisten gescheitert. Das Ende der Sowjetunion war eingeläutet.

Ende März 1992 kam ein Brief von der Sowjetischen Botschaft in Bonn mit einer Bescheinigung.

АРХИВНАЯ СПРАВКА

В документах Центрального государственного архива Военно-Морского Флота СССР имеются сведения о том, что гр-ка ВИТЕНБЕРГ Урзуля (отчество не указано) значится работавшей по вольному найму с 10 июня 1946 г. по 18 марта 1948 г. в авторемонтной базе Балтийского флота на должностях ученицы слесаря, слесаря, комплектовщицы.

Директор Центрального
государственного архива
Военно-Морского Флота СССР          В.Г.Мишанов

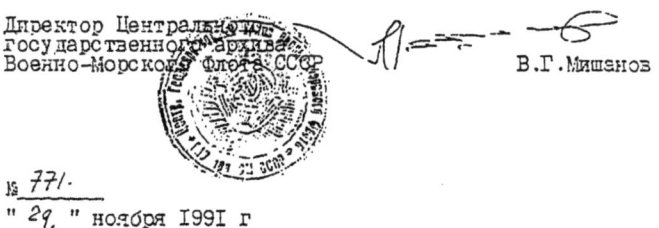

№ 771.

" 29. " ноября 1991 г

Übersetzung, laut vereidigtem Übersetzer:

Archivbescheinigung

In den Unterlagen des Zentralen Staatsarchivs der Kriegsmarine der UdSSR steht zur Sicht, daß die Bürgerin WITTENBERG
URSULA (der Vorname des Vaters ist nicht genannt) nach freiem
Willen vom 10. Juni 1946 bis einschließlich 18. März 1948 bei
der Autoreparaturbase der Baltischen Flotte als Schlosserlehrling und Schlosser und als Lagerverwalterin tätig war.

Der Direktor des Zentralen
Staatsarchivs der Kriegs-          gez.  W.G. Mischanov
marine der UdSSR

        Stempel
        des Zentralen
        Staatsarchivs
        der Kriegsmarine
        der UdSSR

Nr. 771
vom 29. November 1991

Ich schickte einen Dankesbrief an den Direktor des Archivs und die Archivbescheinigung an die Rentenversicherung.

"Die Beschäftigungszeiten können nicht voll berücksichtigt werden, weil sie nicht nachgewiesen, sondern nur glaubhaft gemacht sind."

Mein Name im Zentralen Staatsarchiv der Kriegsmarine der UdSSR. Fraglos auch der Name meines Vaters, die Autoreparaturbase der Baltischen Flotte war seine Arbeitsstätte, dank seiner Bittstellung bei den leitenden Offizieren dann auch meine. "...(der Vorname des Vaters ist nicht genannt)...", ich hatte seinen Vornamen, Karl, angegeben, weil ich in der Autoreparaturbase "Ursula Karlowna" als Anrede gehört und geschriebenen Namen gesehen hatte. "...nach freiem Willen...", gewiss. Es war schwer genug, mit Arbeit zu überleben; keine Arbeit - die Überlebenschancen waren gleich null.

Es wurden ausschließlich Lastkraftwagen repariert, von Marinesoldaten und einer Hand voll deutscher Männer. Drei deutsche Frauen arbeiteten in der Werkstatt, als ich dazukam. Sechs-Tage-Woche, drei Feiertage im Jahr: 1. Mai; 9. Mai, Tag des Sieges; 7. November, Tag der Oktoberrevolution. Für die Russen waren die Feiertage nicht nur auf je einen Tag beschränkt, für uns war es Pech, wenn ein Feiertag auf einen Sonntag fiel.

Niemand hatte mir jemals gesagt, wann noch dass meine Lehrzeit um war. Von irgendeinem Zeitpunkt an hatte ich wohl ein paar Rubel mehr bekommen. Wochenlang wusch ich Motorenteile, bis mir eine Werkbank mit Schraubstock als Arbeitsplatz zugewiesen wurde. Ein Monteur zeigte mir, wie ich Kupferdraht in den Schraubstock zu spannen und Nieten zu hämmern hatte. Mengen von Nieten. Ich lernte, einem Russen zur Hand gehend, Bremstrommeln auszubauen und Bremsbeläge zu erneuern. Mit meinen Kupfernieten befestigte ich die Bremsbeläge. Wenn abgenutzte Zahnräder von Getrieben ausgewechselt werden mussten und das Ersatzteillager keine neuen hatte, dann wurden den alten Zahnrädern neue Zähne aufgeschweißt, ich feilte sie am

Schraubstock zurecht, alles wurde wieder eingebaut und das Getriebe funktionierte. Es waren die robusten russischen Lastwagen, an denen ich vom Schlosserlehrling zum Schlosser aufstieg. An den amerikanischen, Studebaker und Chevrolet, ließ man mich nicht arbeiten.

Königsberg wurde umbenannt: Kaliningrad.

Das technische Wissen und Geschick meines Vaters war in der Reparaturbase erkannt worden. Als ich anfing, hatte er es gerade erreicht, dass der Kommandant ihn an einem großen Büssing-Lastwagen arbeiten ließ, der mit ramponiertem Aufbau und mit stummem Motor auf dem Hof stand. Es war der Hof und es waren die Gebäude einer früheren Büssing-Werkstatt.

Der Büssing wurde in die Halle geschleppt, mein Vater machte sich ans Werk. Er verschwand kopfüber unter der Motorhaube, lag stundenlang unter dem Fahrzeug. Manchmal stand er, ein Metallteil in der Hand, einen Moment sinnend da. Dann, als wäre ihm eine Erleuchtung gekommen, benutzte er das Schweißgerät oder die Bohrmaschine, feilte und wetzte am Schraubstock, um dann wieder unter den Büssing zu tauchen. Von Zeit zu Zeit blieb der Kommandant bei ihm stehen und fragte:

"Wittenbérg, Automobil fertig?"

"Njet fertig, morgen fertig."

"Morgen, morgen," sagte dann der Kommandant, kopfschüttelnd.

Die Soldaten, die meinen Vater oft zu ihren Lastwagen holten, schüttelten auch den Kopf: "Nix gut, Bussink, kaput."

Mein Vater sägte und hämmerte am Aufbau, montierte Reifen. Wieder blieb der Kommandant bei ihm stehen.

"Wittenbérg, Automobil fertig?"

"Fertig."

"Morgen fertig?"

"Njet morgen, fertig."

Mein Vater stieg ein. Lautes Gebrumm und Gedröhn, Abgaswolken, die die Halle füllten - der Büssing setzte sich in Bewegung. Der Kommandant lachte und sprang auf das Trittbrett. Russen und Deutsche hörten auf zu arbeiten und klopften mit Werkzeugen auf die Schraubstöcke: ein Stapellauf.

Meinem Vater gelang es, den Russen klar zu machen, dass nur er das Innenleben des Büssings genau kannte und dass deshalb nur er ihn fahren könnte. Nach mehreren kürzeren Fahrten ohne Panne fuhr er längere Strecken, Teile oder Materialien holen. Die weiteste Tour ging nach Riga. Die mitfahrenden Soldaten sorgten gut für ihn. Mancherlei von der Verpflegung unterwegs brachte er mit nach Hause.

Unter der Ladefläche barg der Büssing ein Geheimnis. Wichtigstes Teil, sagte mein Vater, das hätte den Büssing zum Laufen gebracht. Es war ein geräumiger, verschließbarer Kasten. Mein Vater hatte ihn fest eingebaut und mit Eisenbändern gesichert. Jedes Mal, wenn er mit dem Büssing Nachschub für die Militärküche heranholte, ließ er Brote, ein Säckchen Mehl oder Hirse, mitunter auch ein Stück Butter, in den Kasten verschwinden.

Aber, wie das so ist, der Kommandant wechselte, der Büssing lief gut, und der neue Kommandant setzte einen Soldaten als Fahrer ein.

Wir wurden dem Militärarzt zu irgendwelcher Injektion vorgeführt. Er war Armenier, kein Russe, wie er nicht aufhörte zu betonen. 24 Jahre sei er alt und habe mit 24 Frauen geschlafen, erzählte er munter, während er mir die Nadel schmerzhaft in den Oberschenkel stach. Die Zahl seiner Eroberungen dürfte nicht nur in Übereinstimmung mit seinen Lebensjahren angestiegen sein.

1946 durften wir Postkarten nach Deutschland schreiben. Wir schrieben an Tante Friedel. Ob die Anschrift in Köln noch stimmte? Viele bekamen eine Antwortkarte, wir warteten. Und wie unser Warten belohnt wurde! Nicht nur Tante Friedel schrieb, auch mein Bruder! Er war aus englischer Kriegsgefangenschaft entlassen worden und hatte sich bei Tante Friedel gemeldet. Er lebt!

Ich hatte eine russische Freundin, Jelena, drei Jahre älter als ich. Im Krieg war sie zum Arbeiten nach Deutschland gebracht worden. Sie kam aus der Ukraine, aber ihre Familie war russisch. Ich hatte es mittlerweile verstanden, dass Sowjetbürger ihrer jeweiligen Zugehörigkeit zu einem Volk der Sowjetunion höchsten Wert beimaßen. Jelena hoffte, bald zu ihrer Familie zurückkehren zu können, aber vorerst musste sie in Kaliningrad bleiben und auf die Erlaubnis zur Weiterfahrt warten. Mir erschien das unglaublich, empörend; dass wir in der Stadt festgehalten wurden - wir waren die Deutschen, aber die eigenen Landsleute! Es sei sinnlos, darüber nachzudenken, sagte Jelena. Sie arbeitete im Büro der Reparaturbase. Bei Lohnauszahlungen waren wir ins Gespräch gekommen, über Königsberg. Wie das Schloss innen ausgesehen hätte, wollte sie wissen, ob im Schlossteich gebadet wurde, ob die Kirchen alle als Kirchen gedient hätten und vieles mehr. Sie kannte nur wenige deutsche Wörter, wir sprachen Russisch, ich mit einem begrenzten, wenn auch anwachsenden Wortschatz, beide zusätzlich mit allen Mitteln der Zeichensprache.

Meine Eltern und ich bewohnten einen kleinen, für uns ausreichenden Raum, darin der qualmende Kanonenofen, weil das Brennmaterial untauglich war, von den Wanzen ganz zu schweigen. Jelena lud mich ein in ihr Zimmer. Es gehörte zu einer Wohnung, in der jedes Zimmer mit mehreren Personen belegt war, nur das von Jelena war für sie allein. Mehr hätten auch nicht hineingepasst. Es war früher vielleicht die Abstellkammer gewesen: eng und dunkel, nur eine winzige Glasscheibe hoch oben. Doch Licht gab es, eine Glühbirne. Platz hatten in Jelenas Kammer nur das schmale Bett, ein

Schemel und ein Koffer mit ihren Sachen. Und wir zwei, auf dem Bett hockend.

Als Jelena mich das erste Mal mitnahm, gab es einen lauten Wortwechsel, warum sie die Deutsche mitbrächte. Ich wollte gehen - Jelena ließ es nicht zu. Ein paar Abende darauf brachte uns die Frau, die am heftigsten gegen meine Anwesenheit protestiert hatte, zwei Tassen mit dampfendem Tee. Bald hörte ich von allen in der Wohnung beim Begegnen freundliche Worte.

Jelena hatte gerade genug zu essen. Mittags aß sie in der Kantine, aber ihre Rationen für morgens und abends waren dürftig, sie hatte auch oft Hunger. Wir sprachen über Essen, über Vorlieben und Leibgerichte. Ich konnte Jelenas Schwärmen von ihren Lieblingsspeisen übertreffen, denn ich erzählte ihr von dem Leibgericht meiner Kindheit: Wickelfüßchen. Meine Mutter hatte sie in Angerburg bereitet, zwei- oder dreimal auch in Treuburg, und bei Tante Julie hatte es sie gegeben, immer extra für Kinder. Radebrechend und mit viel begleitender Gestik ließ ich keine Einzelheit aus in meiner Schilderung: Die Gans, die geschlachtete, wurde gerupft, dann über der Flamme von Brennspiritus, der war im Deckel einer Schuhcremedose, gesengt. Vorsichtig wurde die Gans ausgenommen - die Galle durfte nicht platzen! Das Darmgeschlinge kam in eine Schüssel, wurde gewaschen, von anhängendem Fett befreit, wieder gewaschen. Die Schüssel mit dem Geschlinge vor sich, begann meine Mutter, in Kosken Tante Julie, mit einer Schere die Därme der Länge nach aufzuschneiden. Jelena krümmte sich. Endlose Bänder. Nicht durchschneiden! Je länger, je lieber. Dann gründlich waschen, sehr gründlich. Um die Gänsefüßchen gewickelt – Wickelfüßchen! - wurden die Bänder mit Gewürz gekocht, und dann wickelten wir Kinder - ein Spaß! - sie von den Füßchen ab, immer einen Mund voll. Zart waren die Bänder, und wie sie schmeckten! Ich verdrehte die Augen. Jelena sprach mir nach: "Wickelfüßchen," mit russischem Akzent, da war es um mich geschehen. Wir hatten das Stichwort für hilflose Lachanfälle.

Herbst 1946. Die Fahrten meines Vaters mit dem Büssing waren vorbei. Meine Mutter hatte keine Arbeit. Ich hatte in einer Oktoberwoche sieben Arbeitstage, am Sonntag wurden wir auf Lastwagen zu einer Kolchose gefahren: Kartoffeln graben für die Küche der Autoreparaturbase. Ich war glücklich, dafür eingeteilt zu sein, als Lohn könnten wir uns mittags an Kartoffeln satt essen und am Abend eine Tasche voll Kartoffeln mitnehmen.

Ich stieg vom Lastwagen und stand und starrte, ungläubig. Ich träumte nicht: das Haus, der Hof, von Freunden meiner Eltern! Ihre Tochter hatte uns besucht, und ich... Man rief mich. Der Weg zum Feld, am Stall entlang, seine ganze Länge, die hellgelbe Farbe, rissig und blätternd, die grünen Türen, immer noch grün, der Steintrog, neben dem Steintrog die Bank, grauer, nicht mehr gerade, die Stallfenster ohne Scheiben - Pferdeschritte auf der Stallgasse? Sinnestäuschung. Die hast du damals gehört, an Sommertagen mit der Freundin.

Disteln standen um die Kartoffelpflanzen, das Graben war mühsam. Wir wechselten uns ab mit Graben und Auflesen und arbeiteten uns warm. Kalte Schauer überliefen uns, wenn der Herbstwind uns traf. Mittagspause. Gekochte Kartoffeln, so viel einer zu essen schaffte. Ein Fest. Zu einem Fest hatten wir den Pferden Blumen in die Mähnen geflochten. Ich saß auf einem prallen Kartoffelsack und starrte auf den dunklen Waldrand jenseits der Felder. Vor dem Waldrand erschienen Bilder. Jemand war vor mich getreten, ich sah auf. Genosse Podpolkownik (Oberstleutnant), der Kommandant.

"Nun, sind Sie satt?"

Warum fragt er? Ich nickte.

"Sie wissen, dass Sie so viel essen können wie Sie mögen."

Ich nickte wieder. Er ging fort.

Weitermachen, bis die beiden Lastwagen voll beladen waren. Wir saßen, verteilt, oben drauf. Eine eisige und halsbrecherische Fahrt bis zur Arbeitsstätte. Gegenwart - eine Tasche voll Kartoffeln! Meine Tasche - meine Tasche?

"Wo ist meine Tasche?"

Nirgendwo. Hatte ich sie vergessen? Die Gegenwart vergessen?

"Wenn du sie nicht immer festgehalten hast, ist die sicher runtergefallen," sagte jemand.

So musste es gewesen sein. Keine Kartoffeln.

"Haben Sie keine Tasche?" fragte der Kommandant.

"Nein," sagte ich und ging los.

"Warten Sie!" rief er.

Ich blieb stehen. Er ließ sich von einem Soldaten einen Sack Kartoffeln auf die Schulter laden.

"Wo wohnen Sie?"

"In der Straße," ich deutete auf die an der Reparaturbase abzweigende Straße.

Ein stumm gegangener Weg.

"Hier."

Er setzte den Sack vor dem Eingang ab, sagte "Gute Nacht," und ging.

"Danke," sagte ich.

Er neigte den Kopf und hob kurz die Hand an die Mütze.

Meinen überraschten, überglücklichen Eltern, meine Mutter weinte, hatte ich vieles zu erzählen.

Der Winter herrschte mit grausamer Kälte. An einem Sonntag war ich mit anderen dazu bestimmt, in einer langen Straße unseres Bezirks in die Keller und notdürftigen Räume von Ruinen zu gehen - ob dort Tote lägen, Verhungerte oder Erfrorene. Ein Lastwagen stand bereit. Wir trugen die Toten hinaus. Kinder - leichte, elende Bündel. Am Lastwagen hörte ich eine Frau sagen: "Reich' mir mal 'nen Kleinen rüber, hier ist gerad' 'ne schöne kleine Lücke."

Jelenas Zimmer war kalt. Wir hüllten uns in ihre Decke ein und ließen die Tür offen, die Wohnung wurde beheizt. Es war eine buchlose Zeit. Wir erzählten einander aus Büchern, die wir besonders gern gelesen hatten. 1944 hatte ich mehrere Romane von Dostojewski gelesen, der ungeheure Eindruck war frisch, und über die konnten wir uns lange austauschen, Jelena kannte sie alle und mehr.

Bis weit in den März hinein war Winter. An einem Tag im März erschien Jelena nicht an ihrem Arbeitsplatz. Ich ging nach der Arbeit zu ihr, vielleicht war sie krank. Die Frauen in der Wohnung sagten, sie sei fort! Fort aus der Wohnung, aus der Stadt! Es wäre alles ganz schnell gegangen am frühen Morgen, einer war gekommen, sie sollte ihre Sachen nehmen und mitkommen. "Domoi," nach Hause, hatte er gesagt. Andere seien auch abgeholt worden, bestimmt säßen sie alle im Zug nach Hause. Und kein Wort für mich? Ich fragte zaghaft. Sie hätte nicht einmal Zeit gehabt, sich von ihnen richtig zu verabschieden! Jelena wollte so gern nach Hause, sagte eine Frau, und als sie hinzufügte, ich sollte doch nicht traurig sein, da konnte ich die Tränen nicht länger zurückhalten. Monatelang wartete ich auf einen Brief, es kam keiner. Ich klammerte mich an die Hoffnung, dass Jelena mit ihrer Familie war, dass sie geschrieben hatte, der Brief war nur nicht angekommen.

Meine Freundschaft mit Jelena hatte meinen Russischkenntnissen einen kräftigen Schub gegeben. Und nicht nur das - durch sie hatte ich begonnen, die Schönheit der russischen Sprache wahrzunehmen. Wie ganz anders sie sein konnte als die mit schrecklichen Flüchen durchsetzte Sprache der Soldaten! Aber es war ein Soldat, der mir ein Gedicht von Puschkin beibrachte. Ich hörte ihn an der Werkbank neben meiner halblaut sprechen, klangvoll und rhythmisch sprechen. Neugierig fragte ich ihn, was das sei. Gedicht von Puschkin, sagte er. Oh! Ob er nicht lauter sprechen könnte. Er tat es, die Worte hatten einen wunderbaren Wohlklang. Ich bat ihn, mich das ganze Gedicht hören zu lassen, und noch einmal! Da forderte er mich auf, ihm Verszeile für Verszeile nachzusprechen. Und wieder, wenn die Gelegenheit sich ergab, an folgenden Tagen. Auf die Weise lernte ich das Gedicht auswendig, verstehen konnte ich nur Bruchstücke. Meine Bitte, mir das Gedicht aufzuschreiben, blieb unerfüllt: Der Soldat verschwand aus meinem Gesichtskreis. Ich sprach mir das Gedicht immer wieder vor und behielt es im Gedächnis und konnte es mit der Zeit auch verstehen.

Ein junger Soldat mit dem schönen Namen Timofej arbeitete mit mir an Lastwagen. Er lächelte mir zu, aber er sprach wenig. Manchmal holte er ein Stück Brot aus der Tasche seiner Montur und gab es mir mit scheuem Lächeln. Eines Tages sagte er, er habe mir viel Brot gegeben, ich müsse endlich mit ihm schlafen. Das vom stillen, vom sanften Timofej - es verblüffte mich so sehr, dass ich ihm laut ins Gesicht lachte. Damit hatte ich seinen Stolz anscheinend enorm verletzt. Kein Wort mehr, kein Lächeln, erst recht kein Brot mehr - er blickte durch mich hindurch, für ihn hatte ich aufgehört zu existieren. Gar nicht so einfach, wenn man nebeneinander arbeiten muss.

Nicht immer war eine solche Aufforderung so leicht abgewehrt, und nicht nur ich durchlebte Momente hilfloser Angst. Wir, die in der Reparaturbase beschäftigten Frauen, hatten den Schutz der dort arbeitenden Soldaten, aber wer schützt einen vor den Beschützern?

Einmal packte mich auf der Straße plötzlich ein fremder Soldat, hielt mir sofort den Mund zu und zog mich in eine Hausruine. In einer Mauerecke hielt er mich stumm und eisern fest, ohne seine Hand von meinem Mund zu nehmen. Ich war nahe dran, ohnmächtig zu werden, vor Angst, vor Atemnot, als er mit beruhigender Stimme sagte: "Gut, gut, keine Angst. Sie gehen weg." Er ließ mich los. Ich holte Luft, stolperte heraus aus der Ruine, und da sah und hörte ich eine Gruppe grölender Soldaten, sie entfernten sich - er hatte mich davor bewahrt, ihnen in die Arme zu laufen. Ich wollte ihm danken, er hob abwehrend die Hand und ging fort.

An einem Zahltag, einem stürmischen Tag, kam ich mit meinen Rubeln in der Hand aus dem Gebäude, und bei dem Versuch, die Tür, die nach außen öffnete, gegen den Wind zu schließen, rutschte ich aus und fiel hin, die Rubelscheine entglitten meiner Hand und der Wind wirbelte sie auf und davon. Auf der Straße marschierten Soldaten, eine kleine Truppe. Der anführende Offizier befahl ihnen zu halten und auszuschwärmen, den Scheinen hinterherzulaufen. Die Soldaten rannten. Die Scheine lieferten sie bei ihm ab. Er zählte das Geld und fragte mich, wie viel es gewesen wäre. Ich nannte den Betrag. Er lächelte. "Es ist alles hier," sagte er und gab mir die Scheine, die Truppe formierte sich und marschierte.

Sommer 1947. Unsere Monatsrationen waren wieder gekürzt worden. Melde und Brennnesseln wuchsen. Herrliches Sommerwetter. Die Krätze grassierte und die Ungezieferplage verschlimmerte sich. Auf den Bürgersteigen elende Menschen in elenden Lumpen. Manche saßen, reglos, stumm, an Mauern oder Bäume gelehnt, manche lagen, zusammengekrümmt.

Mein Vater litt, seine Beine waren unförmig angeschwollen. Er blieb keinen Tag zu Hause. Das wäre der Anfang vom Ende, sagte er. Ich wanderte zu den Kasernen am Stadtrand, ging an ihnen entlang und sammelte Zigarettenkippen auf, lange Pappmundstücke mit einem kleinen bisschen Tabak, und Stummel von "Zigarren": in Zeitungspapier eingerollter grob geschnittener Machorka. Die russischen Zeitungen Prawda, Wahrheit, und Iswestija, Nachrichten, wären dafür besonders gut geeignet, hatte mir ein Russe gesagt und gleich hinzugefügt, dass es in der Prawda keine Iswestija gäbe und in der Iswestija keine Prawda. Wenn mein Vater rauchen konnte, spürte er den Hunger weniger quälend. Mit allen möglichen getrockneten Blättern stopfte er seine Pfeife, selbst gefertigt wie andere davor, nach einer Weile hörten sie auf zu ziehen, wie er sagte. Mit Sorgfalt schabte er den Tabak aus den Kippen in den Pfeifenkopf.

"Schmeckt tatsächlich besser als Kirschblätter," meinte er und paffte.

Meine Arbeit als Schlosser endete überraschend. Das Ersatzteillager wurde mir übertragen: Ausgabe, Bedarf melden.

Für das Einräumen der Teile hatte ich einen Gehilfen und ich hatte einen Lohnanstieg von ein paar Rubeln.

Ich hörte von einem Offizier, dass er in der Sowjetischen Besatzungszone gewesen wäre. Ich fragte ihn, wie die Deutschen dort lebten, doch bestimmt besser als wir in Kaliningrad. Er antwortete mit einem russischen Sprichwort: "Besser ist es dort, wo ich nicht bin."

Die Sommerhitze nahm zu. Mückenstiche entwickelten sich zu offenen Geschwüren. Mein Vater und ich erschraken, als meine Mutter, geschwächt, mager, uns verkündete, sie werde mit Güterzügen nach Litauen fahren und bei Bauern betteln. Sie hätte von anderen gehört, die das täten, sie könnte das auch tun. Sie müsste das tun - "Oder sollen wir verhungern?"

Meine Mutter war unterwegs, ich pflückte vor der Arbeit das Grünzeug und mein Vater legte Holz zurecht, unsere Mittagspause war kurz. Am dritten Tag kam sie wieder - eine angstvolle Zeit bis zu ihrer Rückkehr, die allein schon Freude war. Sie packte den Rucksack aus, lauter Schätze: Kartoffeln, Möhren, eine Hand voll Zwiebeln, ein halbes Brot. Sie fuhr noch zwei Mal. Manchmal musste sie auf- oder abspringen bei fahrendem Zug, aber ganz langsame Fahrt, sagte sie. Und die russischen Eisenbahner duldeten die Mitfahrer. Beim zweiten Mal kam auch ein Stückchen Speck zum Vorschein, mit lauten Ausrufen begrüßt, und beim dritten Mal war oben im Rucksack ein Nest aus Stroh mit drei Eiern - war das ein Entzücken, ein Ei in der Hand zu halten! Die litauischen Bauern wären sehr arm, berichtete meine Mutter. Nie wurde sie abgewiesen. Sie gaben ihr etwas oder sie ließen sie an einer Mahlzeit teilhaben, manchmal beides. Am Abend boten sie ihr ein Strohlager für die Nacht.

Eine Karte aus Deutschland erreichte uns, aus der Britischen Zone. Eine Karte, die uns stumm machte. Mein großer Bruder, aus russischer Kriegsgefangenschaft entlassen, hatte sich auch bei Tante Friedel gemeldet. Beide Brüder waren zusammen und warteten auf uns.

Mein Gehilfe fragte mich, ob ich mit seiner Arbeit zufrieden sei. Als ich das etwas erstaunt, aber wahrheitsgetreu bejahte, bat er mich, die Offiziere davon in Kenntnis zu setzen, es könnte seiner Beförderung dienlich sein. Ein Erfolg meiner Fürsprache hatte sich während meiner Zeit nicht eingestellt.

Ich gab Ersatzteile aus gegen Scheine, die von dem Offizier der anfordernden Abteilung und einem ihm übergeordneten unterschrieben waren. Es herrschte extreme Papierknappheit, aus dem Grunde waren Papiere des Büros der Büssing-Werkstatt nicht vernichtet worden. Wenn die gedruckten Ausgabescheine verbraucht waren und neue auf sich warten ließen, wurde die Ersatzteilausgabe auf der unbeschriebenen Seite von Papieren aus dem früheren Büro festgehalten. Nicht selten las ich auf der Rückseite ein an die Büssing-Werkstatt gerichtetes Schreiben, das stets endete "Mit deutschem Gruß - Heil Hitler!".

Im Spätsommer erkrankte meine Mutter an Hungertyphus. Ich ging zum Markt um meinen Pullover, den nicht völlig abgetragenen, zu verkaufen und Stärkendes für sie, Butter, zu kaufen. Der Pullover war schnell verkauft, 200 Rubel, genau der Preis für ein halbes Pfund Butter. Ich hatte die Geldscheine entgegengenommen, wollte sie einstecken, als plötzlich eine Horde russischer Jungen heranstürmte und einer mir im Vorbeirennen die Scheine aus der Hand riss! Der Schock lähmte mich. Die Russin, die den Pullover gekauft hatte, schimpfte laut und schüttelte ihre Fäuste in die Richtung, in der die Jungen verschwunden waren. Als sie zu mir sagte, ich sollte mich auf ihre Kiste setzen und als andere mich mitleidsvoll ansahen, ging ich weiter. Über den Markt, ziellos, den langen Weg nach Hause, in tiefster Niedergeschlagenheit. Und dann tröstete mich meine kranke Mutter...

Ein Soldat, verantwortlicher Monteur, suchte mich im Ersatzteillager auf. Er vergewisserte sich, dass wir allein waren, unter vier Augen müsste er mit mir sprechen. Ein Armeefahrer - wir waren ja Baltische Flotte - wäre mit dem Lastwagen auf der Straße liegen geblieben. Ein bestimmtes Kugellager müsste ausgewechselt werden, könnte ich das nicht herausgeben? Er breitete Rubelscheine vor mir aus.

"Und die Unterschriften?"

Er legte Scheine dazu.

Die Ausgabe des Kugellagers belegte ich vorschriftsmäßig, das Geld setzte ich am folgenden Sonntag auf dem Markt um. Ich konnte Butter kaufen! Und Brot, und Hirse! Mein Vater wollte wissen, wie ich zu dem Geldsegen gekommen wäre - ich hätte es lieber verschwiegen. Er war entsetzt. Aber dann, als er sich beruhigt hatte, sagte er, dass der Monteur ein guter Mensch sei, der würde mir keinen Strick drehen. Und es war nicht das einzige Mal, dass ein Armeelastwagen liegen geblieben war und nur durch Auswechseln eines Teils wieder in Gang kommen konnte. Ich fragte nichts.

Meine nie aufgebende Mutter überstand die Krankheit. Mein ausgemergelter, genauso wenig aufgebender Vater wurde kräftiger. Es waren Gerüchte im Umlauf über Transporte nach dem Westen. Der Wille, dabei zu sein, war stark.

Die Währungsreform des Rubels im Dezember bedeutete für uns, die wir Arbeit hatten, eine gewaltige Verbesserung unserer Situation. Zu spät für zu viele.

Ab Januar 1948 reichte unser Lohn für genügend Nahrungs-mittel, für Seife, für mehr - im Februar bekam ich ein Paar Schuhe, neue Schuhe! Herrenschuhe mussten es sein, meine aus deutscher Sicht ganz normale Schuhgröße, wenn auch am oberen Ende, erschien nicht mehr unter russischen Damengrößen. Die beiden Russinnen im Magazin staunten - sie hatten, wie nahezu alle russischen Frauen, die zierlichsten Füßchen.

Ab 1. Januar war unsere Arbeitswoche um zwei Stunden gekürzt worden. Urlaub - das war ein Fremdwort. Aber es wurde uns bekannt gegeben, dass wir Anträge stellen könnten, um finanzielle Entschädigung für nicht gehabten Urlaub im Jahre 1947 zu erhalten. Wir stellten die Anträge. Vermutlich wurden sie bearbeitet, jedoch nicht bis zu dem Tag im März, an dem man uns sagte, am folgenden Tag hätten wir uns an einem Sammelpunkt einzufinden, mit Handgepäck. Eine Auflage, die leicht zu erfüllen war: in den Händen Beutel mit ganzen Broten und auf dem Rücken der Rucksack, in dem sich aller Besitz befand.

Königsberger, ihre Zahl nach drei Jahren furchtbar dezimiert, erlebten die erlösende Ausweisung.

Ein langer Güterzug startete seine Fahrt gen Westen. Das Bild der Ruinen von Königsberg, wie es sich aus dem langsam anfahrenden Zug darbot, aus nie zuvor gehabter Perspektive, ist für immer mit mir. Wie eine Pyramide ansteigend die Reihen der gezackten Ruinen mit Fensterlöchern, die gekappten Kirchtürme, und auf der Spitze das Schloss, beeindruckend immer noch mit seinen mächtigen Mauern und mit dem durchlöcherten, aber unverkennbaren Schlossturm, dem Wahrzeichen der Stadt.

Sechs Tage dauerte die Fahrt bis Sachsen. Durch polnisches Gebiet, der Zug stand oft, manchmal stundenlang, den Waggon zu verlassen war verboten. Trinkwasser bekamen wir, gelegentlich reichte es zum Waschen, für die tägliche Notdurft gab es ein Loch im Boden des Waggons oder, als wir auf deutschem Gebiet waren, der Zug hielt, lange, auf freier Strecke. In Pirna kamen wir in ein Auffanglager. Wir durften das Lager nicht verlassen. Nach der Quarantänezeit wurden wir nach Meißen transportiert, wieder in ein Lager, aber wir konnten in die Stadt gehen. Straßen ohne Ruinen! Der Fluss, die Elbe, zog mich an. Die Elbbrücke, vielleicht dreimal so lang wie die längste der Pregelbrücken in Königsberg... Über der Elbe die Burg. Durch Gassen und über zahllose Treppenstufen stieg ich hinauf, stand auf dem Burgplatz, blickte hinunter auf das Gewirr der Dächer. Wann war mir das Wort "romantisch" zuletzt in den Sinn gekommen?

Im Lager hatten wir jeder ein Papier ausgefüllt, persönliche Angaben, zu Beruf hatte ich "Schülerin" geschrieben. Ich wurde für Schreibarbeiten im Büro des Lagers eingeteilt. Die Büroleiterin fragte mich, ob ich mir ein Taschengeld verdienen wollte.

"Gern! Was soll ich tun?"

Die Malklasse der Porzellanmanufaktur suche ein Modell. Wie gut, dachte ich erfreut, dass ich nicht mehr das Knochengestell des Vorjahres bin.

Der Leiter der Porzellanmalerabteilung war freundlich und verständnisvoll, er stellte keine Fragen. Nach der Malstunde führte er mich durch einige Räume der Manufaktur. Ich war überwältigt. Nach einer weiteren Malstunde nahm er mich mit nach Hause. Seine Frau umarmte mich herzlich. Ich sollte wiederkommen, wurde wieder mitgenommen. Ihre Tochter, mit mir fast gleichaltrig, hatte Kleidungsstücke bereitgelegt, die ich sofort anprobieren musste. An einem Sonntag nahmen sie mich mit in ein Konzert. Eine lebenslange Freundschaft hatte begonnen.

Wir wurden aus dem Lager entlassen. Meinen Eltern und mir wurde eine Adresse in Meißen gegeben, dort sollten wir eine Bleibe finden. Es war ein kleines Haus am Berghang, bewohnt von einem älteren Ehepaar. Ein auffallend aussehendes Ehepaar, feine schmale Gesichter mit klugen Augen; schlank, hager, aufrecht standen sie vor uns. Ihr Schlafzimmer sei für uns bereit, mit einem zusätzlichen Klappbett, hörten wir. Das wäre nicht nötig, dass sie ihr Schlafzimmer räumten, sagten meine Eltern, wir würden nicht lange bleiben, zehn Tage vielleicht oder zwei Wochen, höchstens. Das Häuschen hatte eine geräumige Veranda, ein langes Sofa stand da, ein Liegestuhl, das Klappbett dazu - die Veranda würde zum Schlafen genügen, es war ja Mai. Beim Kaffee erzählten wir, warum unser Aufenthalt kurz sein würde.

Mein großer Bruder war mit Interzonenpass für einen Tag und eine Nacht nach Meißen gekommen. Das Wiedersehen - unbeschreibbar. Er war wegen lange anhaltender Gelbsucht 1947 aus russischer Kriegsgefangenschaft entlassen worden. Glück gehabt, sagte er. Wir hörten auch, auf welche Weise er in Kriegsgefangenschaft gekommen war. Sie hatten Unterstände gebaut, auf ostpreußischem Boden. Als er sah, dass Rotarmisten begannen, Handgranaten in die Unterstände zu werfen, kletterte er raus, stellte sich dem ersten der herankommenden Russen entgegen, salutierte und überreichte ihm seine Pistole. Der Russe nahm die Pistole und bot meinem großen Bruder eine Zigarette an.

Er hatte Geld mitgebracht, vor allem für unsere Fahrkarten bis zur Grenze und dann weiter, schwarz sollten wir über die Zonengrenze gehen. Die Zuzugsgenehmigung der Britischen Zone zu bekommen, würde Wochen, vielleicht Monate dauern, und sie wäre ohnehin erst die Voraussetzung für die Ausreisegenehmigung der Sowjetischen Zone, auf die man bestimmt Monate warten müsste - wenn es sie überhaupt gäbe. Schwarzgänger würden aber nicht zurückgeschickt. Er hatte einen Brief mitgenommen, den wir gemeinsam verfasst hatten, den Brief von einer nicht existierenden Tante im Grenzgebiet der Sowjetischen Zone. Sie war erkrankt und bat dringend um unseren Besuch - Fahrkarten ins Grenzgebiet gab es nur, wenn man einen Grund vorweisen konnte. Wir sollten ihm sofort unsere Adresse in Meißen mitteilen, das hatten wir am Morgen getan, ehe wir zum Berghang aufstiegen. Er werde den Brief an uns adressieren und ein Freund, der jede Woche nach Berlin führe, werde ihn mitnehmen und in Marienborn in den Kasten werfen. Wenn wir den Brief am Bahnschalter vorlegten, würden wir die Fahrkarten nach Marienborn kaufen können. Wir warteten auf den Brief.

Ich hörte unser Ehepaar Russisch miteinander sprechen und offenbarte meine Russischkenntnisse. Beide sprachen dann gern Russisch mit mir. Sie waren Baltendeutsche mit einem adligen Namen. Es hatte sie nach Meißen verschlagen, sicher ihr letzter Wohnsitz, sagte sie mit traurigem Lächeln. Sie liebte es, über russische Literatur zu sprechen, ich hörte fasziniert zu. Wie entzückt sie war, dass ich ein Gedicht von Puschkin auswendig kannte! Wir blieben in Briefwechsel, teils Russisch, teils Deutsch. Nicht sehr lange, leider. Ich trauerte um sie.

Der erwartete Brief kam. Ihn beim Fahrkartenkauf vorzulegen war eine Farce. Der Mann am Schalter wusste das, jeder wusste das, aber der Vorschrift war Genüge getan, wir bekamen die Fahrkarten nach Marienborn.

Viele Menschen im Wartesaal des Bahnhofs Marienborn. Alle warteten auf den Einbruch der Dunkelheit. Es gab Wegekundige, und Leute scharten sich um sie, als es losgehen sollte. Die einzelnen Gruppen durften nicht zu groß sein. Draußen wurde gezählt, zu zählen versucht: Durcheinander herrschte, Aufgeregtheit, Gruppen setzten sich in Bewegung - ich sah meinen Vater losziehen in einer Gruppe! Er merkte, dass wir nicht mit ihm waren, er winkte erregt, wir sollten ihm folgen! Aber wir wurden gebremst:

"Zurück! Zu viele! Neue Gruppe!"

Mein Vater wollte umkehren und wurde auch gebremst:

"Vorwärts! Kein Aufheben machen! Ihr seht euch doch drüben!"

Nun ja.

Nach angestrengtem Stapfen auf unebenem Gelände, man sah fast nichts, wurden wir plötzlich angeleuchtet:

"Halt! Stehen bleiben!"

Grenzpolizei Ost. Wohin wir wollten, fragten sie natürlich nicht, nur woher wir kämen. Sie führten uns zu einer Ansiedlung von Häusern. Die anderen der Gruppe nahmen sie anscheinend weiter mit, nachdem sie meine Mutter und mich in einen finsteren kleinen Raum gesperrt hatten. Früher mal ein Hühnerstall, schien es uns, das einzige Fenster war winzig. Ob mein Vater durchgekommen war? Die Nacht war fortgeschritten, länger als bis zum Morgen würde unser Eingesperrtsein wohl nicht dauern. Meine Mutter hatte Streichhölzer, in einer Ecke machten wir einen Haufen leerer Säcke aus. Wir legten sie uns auf dem Boden zurecht. Ich hatte ein menschliches Bedürfnis. Meine Mutter hatte eine kleine Blechkanne am Rucksack. Es war zum Lachen, und wir lachten, konnten kaum aufhören. Dann schliefen wir.

Am Morgen holten freundliche Grenzpolizisten uns heraus; die Blechkanne blieb da. Täte ihnen Leid, sagten sie, aber es wäre nicht anders gegangen, weil wir, wie wir gesagt hätten, aus Königsberg gekommen wären, und dass wir dorthin nicht zurückkönnten, das wüssten sie. Sie meinten, am besten für uns wäre es, wenn sie uns zur russischen Kommandantur brächten. Und das taten sie.

Woher wir kämen - aus Königsberg, sagte ich.

"Sie meinen Kaliningrad," sagte der Offizier. "Warum haben Sie Kaliningrad verlassen?"

"Wir wurden ausgewiesen."

Pause.

"Warum wollen Sie in die Britische Besatzungszone?"

"Unsere Familienangehörigen leben dort. Wir möchten wieder mit ihnen zusammen sein. Hier haben wir keine Verwandten."

154

"Sie sind Mutter und Tochter?"

"Ja."

Er stand auf und öffnete die Tür zum Nebenzimmer. Kurze Befehlsworte - ein Soldat kam herein. Der Offizier sagte halblaut etwas zu ihm und setzte sich wieder an seinen Schreibtisch.

"Also - Sie können nicht zurück nach Kaliningrad, in unserer Besatzungszone wollen Sie nicht bleiben. Ich lasse Sie über die Grenze gehen. Er wird Sie begleiten. Alles Gute."

Der Soldat, die Maschinenpistole locker im Arm, ging neben uns her. Er lächelte breit, sprach aber nicht. Wir bogen in eine Straße ein - Wachposten, russische und deutsche Schilder: Achtung! Grenze der Sowjetischen Besatzungszone Deutschlands! Noch ein kurzes Stück. Der Soldat hob den Schlagbaum, winkte uns, weiterzugehen, sagte "Do swidanja!" - wir waren in der Britischen Zone.

Das war zunächst eine menschenleere Straße. Ein Schild: Nach Helmstedt. Richtig, dahin wollten wir. Mein Vater war sicher schon dort. Wir wanderten los. Als wir die ersten Häuser erreichten, war eins ein Gasthaus.

"Vielleicht können wir uns da waschen," sagte meine Mutter.

"Und etwas essen," ergänzte ich.

Es gab eine kräftige, wohlschmeckende Erbsensuppe. Die Gastwirtin hörte nicht auf sich zu wundern - am helllichten Tag über die Grenze! Sie wehrte ab, als meine Mutter bezahlen wollte - unser erstes Essen im Westen, das schenke sie uns gern!

In Helmstedt vor dem Bahnhof saß mein Vater auf seinem Rucksack. Seine Gruppe war glatt durchgekommen in der Nacht. Wir hätten uns aber viel Zeit gelassen, meinte er.

Von Helmstedt stundenlange Bahnfahrt, der Zug war total überfüllt, aber was machte das schon. Vom Bahnhof am Zielort noch ein Fußmarsch zur Adresse meines großen Bruders, und da war auch mein Bruder.

Meine Brüder hatten jeder ein Zimmer, in benachbarten Häusern. Und sie hatten liebe Hauswirte. Meine Brüder zogen zusammen in ein Zimmer, meine Eltern und ich in das andere. Die Zukunft konnte beginnen.

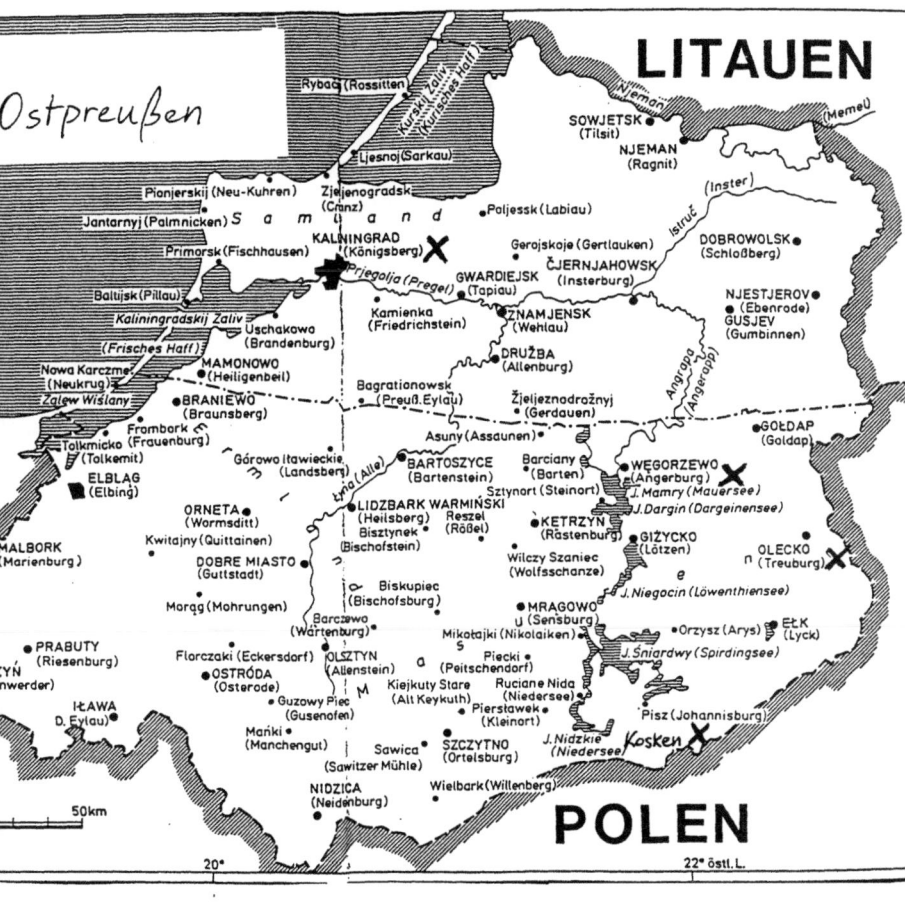